Monika Kubach

Kurzgeschichten ohne Hut

Über die Autorin:

Monika Kubach wurde 1970 geboren. Dagegen kann man leider nichts mehr unternehmen.

Die Autorin über dieses Buch:

»Something old, something new, something borrowed, something blue and a silver sixpence in her shoe.« Nach dieser Regel steckte ich Anthologie-Beiträge und unveröffentlichte Geschichten zwischen blaue Buchdeckel und hoffe nun, dass der eine oder andere Leser mir seine Aufmerksamkeit leiht, damit ab und zu ein Sixpence in meiner Abrechnung auftaucht.

Bisher erschienen:

Gut gelaufen, Thisbe! – Ida Obersteyns Tagebuch 2011
ISBN 978-3-8448-1891-8
150 Limericks – Eine Reise durch Deutschland
ISBN 978-3-8482-2790-7
Neues von der Fratze mit Hut – Satiren
ISBN 978-3-7386-0025-4
Die Fratze mit Hut dichtet dich dicht – Satirische Gedichte
ISBN 978-3-7392-0399-7

Monika Kubach

Kurzgeschichten ohne Hut

Bibliografische Information der Deutschen Nationalbibliothek:
Die Deutsche Nationalbibliothek verzeichnet diese Publikation
in der Deutschen Nationalbibliografie; detaillierte bibliografische
Daten sind im Internet über http://dnb.dnb.de abrufbar.

Herstellung und Verlag:
BoD – Books on Demand, Norderstedt

ISBN: 978-3-8482-1890-5

Inhalt

Ausgrabung

An dem Tag, an dem ich feststellen musste, dass meine Großtante Gerda gar nicht verrückt gewesen war, wurde mein Leben komplett auf den Kopf gestellt. Als kleine Kinder hatten wir ihr die Spukgeschichten noch geglaubt, aber spätestens im Teenageralter hatten wir die Meinung unserer Eltern geteilt, dass sie diese nur erfunden hatte, um sich kleine, anstrengende Übernachtungsgäste vom Leib zu halten. Zwei Monate nach ihrer Beerdigung zog ich in ihr Haus ein und wurde gleich in der ersten Nacht eines Besseren belehrt.

Das Fachwerkhaus aus dem achtzehnten Jahrhundert lag inmitten eines herrlich verwilderten Gartens. Leider stammten die Möbel hauptsächlich aus den Sechzigerjahren, und es waren überall Holzdecken eingezogen. Die paar Antiquitäten, die sich noch in ihrem Besitz befunden hatten, standen nun bei meinen Schwestern. Wenn man die wunderschöne Haustür öffnete, machte man zwischen draußen und drinnen einen Zeitsprung von zweihundert Jahren.

Als wäre das nicht schon grauenhaft genug, wurde ich in der ersten Nacht von merkwürdigen Geräuschen geweckt. Es klang wie die vorsichtigen Schritte einer leichtgewichtigen Person. Ich saß aufrecht im Bett und war starr vor Angst! Einbrecher! Die Schritte kamen näher. Ich griff nach meinem Mobiltelefon auf dem Nachttisch, aber natürlich war der Akku mal wieder leer. Im spärlichen Licht der Straßenlaterne konnte ich erkennen, wie die Tür vorsichtig geöffnet wurde.

Aber es war gar nicht meine. Es war eine andere, durchscheinende, hinter der man die eigentliche Zimmertür erkennen konnte, die weiterhin geschlossen blieb. Ich hatte das Gefühl, ein doppelt belichtetes Foto zu sehen, und hielt verblüfft den Atem an. In der geöffneten Tür erschien die ebenso durchscheinende Gestalt einer älteren Dame in einem Kleid um 1850. Sie lächelte mich an, und mir wurde klar, dass ich träumen musste. Ich hatte schon häufiger Klarträume erlebt und war daran gewöhnt, aber keiner war bisher so poetisch-sentimental gewesen wie dieser. Ich lächelte in froher Erwartung dessen, was mir meine Fantasie nun wieder vorgaukeln wollte.

»Ach, das ist aber schön, dass ich so freundlich empfangen werde«, sagte die Dame und kam näher. »Ich hatte ein bisschen Angst vor unserer ersten Begegnung. Die liebe Gerda ist ja sehr alt geworden, und ich bin an Neuankömmlinge gar nicht mehr gewöhnt.«

Ich kicherte und fragte mich, ob das mit dem alten Haus oder den schwer verdaulichen Kartoffelklößen, die ich mir als Abendessen angebraten hatte, zusammenhing, dass mein Gehirn so abdrehte.

Die alte Dame fragte: »Darf ich mich setzen?«

»Ist ja irre!«, dachte ich und lachte laut, als sie sich formvollendet und mit knarrenden Korsettstangen auf meiner Bettkante niederließ. Der Traum war eine Wucht! Obwohl sie dort saß, konnte man keine Delle in der Bettdecke sehen. Plötzlich fiel mir auf, dass das ganze Zimmer mit durchscheinenden Möbeln eingerichtet war. Selbst an der Stelle meines Betts stand ein zweites Bett, auf dem sie saß. Die Szenerie erinnerte mich an diese albernen Geschichten über Paralleluniversen. Es war einfach zu komisch!

»Ich bin übrigens mit dir verwandt. Leider habe ich vergessen, wie viele Generationen zwischen uns liegen. Nenn mich einfach Urgroßtante Agathe.« Sie reichte mir die Hand, die ich aus Spaß ergriff, während ich mich ebenfalls vorstellte:»Mein Name ist Monika.« Ich erschrak fürchterlich! Ihre Hand war eiskalt!

»Ich weiß, Monika. Ich habe die liebe Gerda beraten, als sie ihr Testament verfasste. Sie hat mich häufig um Rat gefragt. Keiner kannte ihre Gäste so gut wie ich. Man kann mich zwar außerhalb der Geisterstunde nicht sehen, aber ich bin trotzdem hier. Und wenn ich eines nicht leiden kann, dann sind es so gehässige Frauenzimmer wie deine Schwestern. Wie kommen sie dazu, sich hier Möbel auszusuchen und die besten Stücke abzutransportieren? Du bist Alleinerbin! Aber du hast ja schon als Kind immer nachgegeben. Da kann man wohl nichts machen. Ich verabschiede mich jetzt, damit du wieder schlafen kannst. Gute Nacht!« Sie ging, wie sie gekommen war, und ich saß zitternd im Bett. Der Schweiß auf meiner Stirn fühlte sich fast so kalt an wie ihre Hand. Aber nur fast.

An Schlaf war natürlich nicht zu denken! Erst gegen Morgen übermannte mich wohl die Müdigkeit, und ich schlief traumlos in den Vormittag hinein. Den Rest des Tages versuchte ich, mich abzulenken, aber das Erlebte hielt mich fest umschlungen wie eine Anakonda. Was war nur los mit mir? Natürlich war das ein Traum! Aber die eiskalte Hand? Teil des Traums! Aber ich hatte das noch nie so erlebt! Einmal ist immer das erste Mal!

Natürlich kam sie in der nächsten Nacht wieder. Und in der übernächsten. Und in allen weiteren Nächten. Es lief immer nach dem gleichen Schema ab: Sie wünschte mir einen guten Abend und verbrachte den Rest der Geisterstunde, indem sie in allen möglichen Schränken, Truhen und Kommoden wühlte, die es in Wirklichkeit gar nicht gab. Wenn ich Pech hatte, führte sie diese Suchaktion in meinem Schlafzimmer durch, und ich konnte zwischen zwölf und eins kein Auge zumachen. Wenn ich Glück hatte, nahm sie sich eines der anderen Zimmer gründlich vor, und ich hatte eine reelle Chance weiterzuschlafen, wenn sie nicht zu viel Lärm machte.

Irgendwann gab ich das Grübeln auf und fügte mich in mein Schicksal. Wahrscheinlich war ich verrückt wie Großtante Gerda. Ihre Geistergeschichten, von denen ich als Kind regelmäßig Albträume bekommen hatte, hatten sich möglicherweise in meinem Unterbewusstsein fest mit diesem Haus verbunden und waren beim Umzug zum Vorschein gekommen. Und wie!

Jeden Morgen nahm ich mir aufs Neue vor, endlich mal meinen Hausarzt darauf anzusprechen, aber die Scham war natürlich groß. Deshalb probierte ich alle möglichen Einschlaftricks aus, weil ich lange Zeit dachte, dass ich in Wirklichkeit an Schlafproblemen litt. Aber es war gut, dass ich dieses Vorhaben ständig auf die lange Bank schob, denn eines Nachts setzte sich Urgroßtante Agathe plötzlich wieder auf meine Bettkante und sah mir mit besorgter Miene in die Augen. »Du siehst blass und müde aus, meine Liebe! Du solltest mehr schlafen!«

Das war doch die Höhe! »Ich könnte wunderbar schlafen, wenn ich nicht ständig von dir träumen und mich darüber aufregen würde.«

»Ach? Du glaubst, ich sei ein Traum? Also das können wir ganz leicht klären, meine Liebe. Dafür haben Gerda und ich vorgesorgt.« Sie kicherte vergnügt und fuhr dann fort: »Am Ende des Flurs findest du eine lose Diele. Darunter befindet sich ein Brief von Gerda für dich. Das müsste eigentlich genügen.« Ich sprang wütend aus dem Bett. Wütend auf sie, weil sie mich nicht in Ruhe ließ, und wütend auf mich, weil ich den Mist, den mir mein Gehirn vorgaukelte, glaubte. Ich fand unter dem losen Dielenbrett einen staubigen Brief mit folgendem Wortlaut: »Liebe Monika, Du bist nicht verrückt. Hier spukt es wirklich. Mach Dir keine Sorgen, denn sie ist sehr freundlich und hilfsbereit. Mit der Zeit wirst Du Dich auch an ihren Humor gewöhnen. Alles Liebe! Deine Großtante Gerda« Ich nahm den Brief mit ins Schlafzimmer und legte ihn auf meinen Nachttisch. Urgroßtante Agathe war verschwunden.

Am nächsten Morgen lag dieser Brief leider noch immer auf dem Nachttisch, und der Arztbesuch hatte sich von selbst erledigt. Sie setzte sich von da an öfter einmal an mein Bett und schien ein Gefühl dafür zu haben, wenn mich etwas beschäftigte. Ihrer geschickten Fragetechnik konnte ich mich einfach nicht entziehen. Anscheinend beobachtete sie mich tagsüber und erkannte an meinem Gesicht oder Verhalten, ob ich glücklich oder traurig war. Diese Erkenntnis verursachte anfangs einen starken Anfall von Paranoia, aber der Mensch gewöhnt sich anscheinend an alles. Und so kam es, dass es mich nicht mehr störte und ich sie häufiger mal um Rat fragte. Sie hatte eine hervorragende Menschenkenntnis und half mir aus so mancher scheinbar ausweglosen Situation.

Wenn sie nur nicht jede Nacht laut herumgewühlt hätte! Eines Tages nahm ich meinen Mut zusammen:»Urgroßtante Agathe, darf ich dich etwas fragen?«

»Natürlich, meine Liebe! Was hast du auf dem Herzen?«

»Wonach suchst du eigentlich jede Nacht?«

Sie blickte verlegen lächelnd auf ihre Hände.»Nach einer goldenen Venusstatuette. Ich hatte sie an einem sicheren Ort versteckt und kann mich einfach nicht mehr erinnern, wo das war.«

»Kann ich dir irgendwie helfen? Du hast doch sicherlich schon unzählige Male das ganze Haus gründlich abgesucht. Hier kann sie doch eigentlich gar nicht sein.«

Ihre Augen leuchteten, und sie war mit einem Mal ganz aufgeregt:»Das ist wahr! Und weißt du was? Mir fällt plötzlich ein, wo ich sie vergraben hatte! Im Garten! Dort, wo sich jetzt dieser fürchterlich hässliche Geräteschuppen befindet. Früher stand da ein Birnbaum mit herrlichen Früchten! Aber dein Großonkel Egon hat ihn gefällt und diese Augenbeleidigung hingestellt. Gräbst du die Venus bitte aus? Ich bin hier an dieses Haus gebunden und kann es nicht verlassen.«

»Ich schau mal, was ich tun kann. Der Schuppen ist so morsch, dass er bald von allein zusammenbricht. Aber für die Betonplatte brauche ich sicherlich einen Presslufthammer.«

»Die Platte ist nicht dick. Er kippte da nur ein wenig von diesem Zeug hin. Das kannst du bestimmt selbst zertrümmern und wegräumen.«

Am folgenden Samstag machte ich mich ans Werk. Ich räumte die noch brauchbaren Gartengeräte und Werkzeuge in den Keller und zerlegte den Schuppen mit einem Brecheisen. Die Betonplatte war wirklich nicht sehr dick und im

Laufe der Jahre in mehrere Teile zersprungen. Mit einem großen Hammer zerschlug ich sie in kleinere Stücke, die ich mit einer Spitzhacke herauswuchtete. In der darauffolgenden Nacht schlief ich wie ein Murmeltier. Urgroßtante Agathe hatte das Wühlen und Suchen anscheinend aufgegeben, da der Schatz ja lokalisiert war.

Am nächsten Morgen grub ich an der Stelle mit einem Spaten ein großes Loch, aber ich konnte nichts finden. Obwohl ich hundemüde war, konnte ich am Abend ums Verrecken nicht einschlafen und lag bis Mitternacht wach. Urgroßtante Agathe kam lächelnd in mein Zimmer und setzte sich wie immer an mein Bett. Ich erzählte ihr von der erfolglosen Suche und wunderte mich, dass ihr Lächeln immer breiter wurde. Als ich meinen Bericht beendet hatte, rief sie:»April! April!«

Ich starrte sie an und konnte es zuerst nicht glauben.»Das war nur ein Scherz?«

»In einem anständigen Haus gibt es keine nackten Venusstatuetten! Der Schuppen war mir schon immer ein Dorn im Auge, weil er mir die Sicht auf das Nachbarhaus versperrte. Du glaubst gar nicht, wie langweilig es hier tagsüber ist! Und jetzt habe ich endlich wieder freie Sicht in das Nachbarküchenfenster.«

Mir fiel plötzlich ein Satz aus Großtante Gerdas Brief ein:»Mit der Zeit wirst Du Dich auch an ihren Humor gewöhnen.«

Die Toten von London

Meist muss erst ein Unfall passieren, bevor man die Augen öffnet und begreift, was um einen herum geschieht. So war es auch an dem Wochenende, das Michael und ich in London verbrachten. Ich beachtete brav die Schilder, die einen aufforderten, auf der Rolltreppe zur U-Bahn rechts zu stehen, damit die Eiligen links gehen konnten, als mich plötzlich ein junger Mann mit einer breiten Sporttasche überholte. Wie es genau geschah, kann ich eigentlich gar nicht mehr sagen, aber er blieb an meiner Handtasche hängen, zog mich mit und brachte mich zu Fall. Alles ging so rasend schnell. Ein paar Meter weiter unten bremste eine Frau meinen Sturz, die sich durch Michaels Schreckensschrei gewarnt am Handlauf festgeklammert hatte. Jemand drückte auf den Notschalter, die Rolltreppe blieb stehen, und ich blickte in lauter erschrockene Gesichter: ein bekanntes und ein Dutzend unbekannte. Langsam setzte ich mich auf, bewegte alle Glieder, wischte mir mit einem Taschentuch die Stirn ab und stand auf, um vorsichtig die letzten Stufen nach unten zu gehen.

»Bleib stehen! Du hast einen Schock, Schatz!« Michael hielt mich am Arm fest.

»Ach, Quatsch! So schlimm war das gar nicht. Ein paar blaue Flecke vielleicht. Mehr nicht.« Die Gruppe der Schaulustigen hatte sich inzwischen aufgelöst, und ich ließ mich in der Menge treiben, die zum Bahnsteig strömte. Michael trabte hinter mir her und redete in einer Tour auf mich ein, aber ich hörte kaum zu, denn irgendetwas Merkwürdiges ging hier vor. Die Menschen bewegten sich wie Automaten. Nicht alle, aber die meisten. Sie hatten dieselbe Schrittgeschwin-

13

digkeit, denselben leeren Gesichtsausdruck und denselben starren Blick, der entweder nach vorn oder auf ein Smartphone gerichtet war. Ich versuchte, mit ihnen Schritt zu halten, was anfangs gar nicht so einfach war. Auf dem Bahnsteig sah ich mich verstohlen um und versuchte vergeblich, mit einer dieser Personen Blickkontakt aufzunehmen. Aber entweder starrten sie geradeaus auf die Werbetafeln, die an der Wand jenseits der Gleise angebracht waren, oder auf ihre Smartphones. Keiner sah mir in die Augen. Und nun wusste ich auch warum: Ihr Blick war leer und ohne Leben. Sie waren tot.

»Blödsinn!«, war Michaels Reaktion, als ich ihm aufgeregt meine Beobachtung zuflüsterte. »Das Kind da drüben ist keinesfalls tot. Das ist aber mal so was von lebendig!« Damit hatte er natürlich recht. Das kleine Mädchen zappelte und schrie sich die Lungen aus dem Leib. Doch die Mutter ließ sich nicht aus der Ruhe bringen und starrte auf die Anzeigetafel.

Auch der Teenager neben mir blickte vor sich auf den Boden und wippte rhythmisch mit einem Fuß. Unter seiner Zottelfrisur konnte man die Ohrstöpsel seines MP3-Players erahnen. Doch irgendetwas stimmte nicht. Er erinnerte mich an die Blechfigur auf einem Musikautomaten, den ich einmal in einem Museum bewundert hatte. Eine alte Frau mit wachem Blick bahnte sich ihren Weg durch die wartende Menge, rempelte ihn versehentlich an und entschuldigte sich auf landestypische Weise. Ein Ohrstöpsel war ihm dabei herausgerutscht und lag auf meiner Schulter, doch das schien ihm gar nicht aufzufallen. Er wippte weiter mit dem Fuß. Ich starrte ihn an. Es war keine Musik zu hören. Mir war eiskalt.

Ich riss mich zusammen und ließ mir nichts anmerken. Eine U-Bahn fuhr ein, wie betäubt folgte ich Michael und quetschte mich zwischen die anderen Fahrgäste. Nur nicht auffallen! Aus den Augenwinkeln konnte ich hier und da ein paar wache Augen erkennen, aber die meisten Blicke waren leer und tot. Was geschah hier?

Oxford Circus. Wir stiegen aus. Trotz der Hitze in den U-Bahn-Schächten fröstelte es mich und ich hatte plötzlich eine unbändige Lust auf eine schöne, heiße Tasse Tee.

»Tee? Um diese Zeit? Mir ist mehr nach Mittagessen zumute«, nörgelte Michael, aber ich ignorierte ihn und ließ mich flotten Schrittes von der Menge treiben. Zum Glück war im Café Liberty noch ein Tisch frei. Während Michael fröhlich feststellte, dass dort auch Lunch serviert wurde, trommelte ich nervös mit den Fingern auf die Tischplatte. Endlich nahm eine Kellnerin mit toten Augen unsere Bestellung entgegen.

»Bist du dir sicher? English Breakfast Tea? Mittags? Du magst doch gar keinen Schwarztee!« Warum konnte mich Michael nicht einfach in Ruhe lassen? Soll er doch seinen Grüntee schlürfen. Ich hatte eben plötzlich Lust auf etwas Handfestes.

»Was ist los mit dir, Schatz?« Er ließ nicht locker. »Bist du sauer, weil ich dich vorhin nicht ernst nahm?«

Ich hatte keine Lust mehr auf eine Diskussion, deren Ausgang ich mir denken konnte, und sah mir die Törtchen in der Vitrine hinter ihm an. Endlich kam der Tee. Ich goss mir sofort eine Tasse ein und trank sie in einem Zug leer. Ohne Milch und ohne Zucker. Michael sah mich so merkwürdig an und sagte irgendetwas von wegen »viel zu heiß«, aber der Rest ging im Stimmengewirr unter.

Schweigend verspeiste er seinen Lunch, während ich auf seinen Teller starrte und nur meinen Tee trank. Ich bestellte noch ein zweites Kännchen und konnte gar nicht verstehen,

warum ich bisher immer nur grünen oder weißen Tee ge-
trunken hatte. Dieser schwarze war der beste Tee, den ich je
gekostet hatte, und ich fühlte, wie ich mit jedem Schluck
neue Energie tankte.

Danach ließen wir uns wieder in der Menschenmenge zur
U-Bahn-Station treiben. Es war ein angenehmes Gefühl, sich
sozusagen im Gleichschritt mit den anderen zu bewegen.
Die Leute in London waren viel flotter unterwegs, als ich es
in Deutschland gewohnt war, und man kam sehr gut voran,
ohne überholen zu müssen.

Vor der Station legte mir Michael den Arm um die Schultern und versuchte, meinen Kopf zu sich zu drehen. »Jetzt
sei mir doch nicht mehr böse! Ja, die meisten Leute haben
irgendwie einen merkwürdigen Blick. Da hast du völlig
recht. Aber das bedeutet ja nicht, dass sie tot sind. Sie sehen
nur tot aus. Wir haben da aneinander vorbeigeredet.«

»Du verstehst mich nicht«, flüsterte ich und sah mir das
Plakat mit Werbung für ein Musical an, das schräg hinter
ihm hing. Ich fühlte mich von dem Bild auf geheimnisvolle
Weise angezogen, obwohl ich genau wie Michael Musicals
auf den Tod nicht ausstehen konnte.

Von hinten wurde ich angerempelt und das übliche »Sor-
ry« klang wie aus weiter Ferne. Ich fühlte mich mitgerissen
und ließ mich von der Menge in Richtung der Rolltreppen
treiben. Kurz davor hielt mich Michael am Arm fest und zog
mich in eine ruhigere Ecke. Irgendetwas sagte er noch, während ich die Menschen betrachtete, die an uns vorbeigingen.
Die meisten mit totem, leerem Blick. Mit der Zeit wurden es
weniger. Der große Pulk war wohl vorüber. Worauf warteten wir hier eigentlich?

Ich ging zur Rolltreppe, Michael überholte mich auf den
letzten paar Metern, stellte sich auf die Stufe vor mir und

machte auf der Fahrt nach unten irgendwelche Faxen, wahrscheinlich um mir ein Lächeln zu entlocken, während ich die Werbeplakate an der Wand betrachtete. Ich gab ihm einen kräftigen Stoß, und er fiel, sich mehrfach überschlagend, den Rest der Rolltreppe hinunter.

Diesmal drückte niemand den Notschalter. Als ich endlich unten ankam, hatte er sich schon aufgerappelt und sah mich so merkwürdig an. Ich reichte ihm ein Taschentuch, mit dem er sich das Blut von der Stirn wischte. Mit der linken Hand, denn sein rechtes Handgelenk schien gebrochen zu sein. »Nur ein paar blaue Flecke vielleicht. Mehr nicht«, murmelte er.

»Verstehst du jetzt, was ich meine?«, fragte ich ihn, und er nickte. Sein Genick knirschte dabei.

»Hier unten ist es plötzlich so kalt«, flüsterte er und sah sich mit leerem Blick um.

»Wir könnten zurück ins Liberty und Tee trinken. Ich könnte auch noch einen vertragen«, schlug ich vor.

»Gute Idee! Ich probiere jetzt auch mal den English Breakfast Tea aus. Eigentlich kann ich das Zeug ja nicht ausstehen, aber diese Rolltreppen machen durstig und Lust auf was Kräftiges.«

Wir fuhren wieder hoch. Er deutete auf das Plakat, das ich betrachtet hatte. »Und ich würde gern mal in so ein Musical gehen. So viele begeisterte Zuschauer können sich nicht irren.«

Wir liefen mit der Menge im Gleichschritt, zogen unsere Smartphones heraus und starrten auf die Displays.

Die Moorfrau

Es war einmal ein armer Leibeigener namens Arndt, der mit seinen Eltern in einer alten Kate wohnte und ein kleines Stück Land bewirtschaftete. Sie schlugen sich mehr schlecht als recht durchs Leben, und gegen Ende des Winters saß oft der Hunger mit am Tisch. Mit der Zeit forderten die harte Arbeit und die spärliche Kost ihren Tribut, und die Eltern spürten die Last ihrer Lebensjahre doppelt und dreifach auf ihren Schultern. Die Zeit, die Arndt neben den schweren Frondiensten blieb, reichte kaum aus, um alles in Ordnung zu halten und den Acker richtig zu bestellen, und der Teil der Ernte, der ihnen nach den Abgaben an ihren Herrn blieb, reichte kaum aus, um satt zu werden. So kam es, dass alles mehr und mehr verfiel. Und eines Tages brach der Pflug entzwei.

»Wie soll ich die schwere Erde aufbrechen? Wie soll ich säen, damit ich ernten kann?«, fragte Arndt und kämpfte vergeblich mit den Tränen.

»Nun kann uns nur noch die Moorfrau helfen«, flüsterte die Mutter. »Sie wohnt in einem Häuschen im Moor, das man nur nachts und bei Vollmond aus der Ferne erkennen kann. Wenn man reinen Herzens ist, weisen einem die Irrlichter den Weg. Doch man darf niemals etwas für sich selbst erbitten. Dann kehrt man nie mehr zurück.«

Der Vater versuchte verzweifelt, seine Frau zum Schweigen und seinen Sohn von diesem gefährlichen Vorhaben abzubringen, aber die Wintervorräte gingen zur Neige. Wenn sie jetzt das Feld nicht ordentlich bestellen konnten, wäre ihnen der Hungertod sicher.

Kaum stand eines Nachts der Vollmond am Himmel, ging Arndt ins Moor. Was tagsüber wie ein Wirrwarr aus Tümpeln, Morast, Bäumen und festen und sumpfigen Pflanzenteppichen aussah, erschien ihm nun wohlgeordnet. Ein grünlich schimmernder Weg zog sich im Zickzack durch das Moor, und in der Ferne konnte er schemenhaft ein Häuschen erkennen. Als er näherkam, sah er, dass im Innern ein Herdfeuer brannte. Schüchtern wollte er an die Tür klopfen, als diese mit einem Ruck aufgerissen wurde. Vor ihm stand ein altes, verhutzeltes Weiblein auf der Türschwelle, das ihm, obwohl er selbst nicht sonderlich groß war, nur bis zur Brust reichte. Verdutzt trat er einen Schritt zurück und erschrak, als der Boden unter seinen Füßen leicht nachgab.

»Ach, ach? Nun kommst du zu mir!«, krächzte das Weiblein und musterte ihn unverhohlen von Kopf bis Fuß. »Was willst du?«

»Nichts für mich, werte Frau«, beeilte sich Arndt zu sagen.

»Das will ich dir auch geraten haben! Nun?«

»Ich brauche einen neuen Pflug für meine alten Eltern.«

»Soso! Einen Pflug für deine Eltern. Willst du sie ihm vorspannen?«

»Nein!«, rief Arndt entsetzt und stellte erst dann mit Erstaunen fest, dass ihn die Alte zum Narren hielt. »Ich werde ihn selbst ziehen! Ich will für meine Eltern sorgen, damit sie nicht verhungern. Vor drei Tagen brach unser Pflug entzwei, und niemand kann uns einen leihen, da jeder selbst pflügen muss.«

»Siehst du die alte Esche am Ende des Moors? Wenn dein Herz rein ist, werden die Toten des Moors dir den Weg weisen, und du wirst dort finden, wonach du suchst.« Sie schlug ihm die Tür vor der Nase zu, und Arndt machte sich mit vorsichtigen Schritten auf den Weg zur Esche. Die Toten des Moors?

Vor ihm lag einer der vielen kleinen Tümpel, mit denen das Moor durchzogen war. Doch er war nicht pechschwarz wie bei Tag, sondern das Wasser leuchtete grünlich. Arndt sah neugierig in die Tiefe und schrie vor Schreck laut auf. Ein Toter mit aufgerissenen Augen trieb im Wasser, als wäre er gerade erst ertrunken. Sein starrer Blick war auf Arndt geheftet, er schien jedoch durch ihn durch zu sehen. Nun fiel Arndt auch der ausgestreckte rechte Arm des Toten auf. Der Zeigefinger deutete nach links. Arndt folgte der grausigen Anweisung und fand in dieser Nacht noch viele Tote in grünlich schimmernden Tümpeln vor, die ihm mit starrem Blick und ausgestrecktem Arm den komplizierten Weg zur großen Esche wiesen.

Der Mond verschwand hinter einer Wolke, als Arndt endlich sein Ziel erreichte und den Stamm des Baumes vor Erleichterung umarmte. Deshalb konnte er zuerst gar nichts erkennen. Doch sein Fuß stieß gegen etwas Hartes, und als er sich bückte, um den Gegenstand zu befühlen, zog die Wolke weiter, und der Mond schien auf einen goldenen Pflug und brachte ihn zum Glänzen.

»Danke, werte Moorfrau!«, rief er froh. Dann sah er sich gründlich um, denn er musste den Rückweg finden. Plötzlich lag vor ihm wieder ein grünlich schimmernder Weg, dem er nur zu folgen brauchte.

Glücklich fielen ihm seine Eltern um den Hals, als er gesund und munter vor ihnen stand. Dann bestaunten sie den goldenen Pflug und beschmierten ihn mit Lehm, um ihn vor neidischen Blicken zu schützen.

So gingen ein paar Jahre ins Land, die gute Ernten brachten, und sie lebten gesund und zufrieden in ihrer kleinen Kate. Arndt bändelte mit einem hübschen, jungen Mädchen an und erhielt von seinem Herrn die Erlaubnis, sie zu heiraten.

Es war damals bei den Brautleuten Brauch, einander ein Geschenk zu überreichen. Sie nähte eifrig an einem Hemd, dessen Stoff sie selbst gewebt hatte, und er schnitzte ihr einen kunstvoll verzierten Löffel. Doch am Tag vor der Hochzeit, als er im Licht des Feuers vorsichtig die Schnörkel am Stiel feiner herausarbeitete, sprang ihn die Katze an, und vor Schreck fiel ihm der Löffel in die Flammen und war nicht mehr zu retten. Natürlich hätte ihn seine liebe Braut trotzdem zum Mann genommen, aber er wollte nicht mit leeren Händen vor ihr stehen und sie zum Gespött machen.

Es war Vollmond. Leise stand er in der Nacht auf, zog sich an und schlich aus der Kate. Der Weg zum Haus der Moorfrau schimmerte grünlich, und die Tür wurde wie beim letzten Mal mit einem Ruck aufgerissen.

»Ach, ach? Nun kommst du wieder zu mir!«, krächzte sie. »Was willst du?«

»Nichts für mich, werte Frau«, beeilte sich Arndt zu sagen.

»Das will ich dir auch geraten haben! Nun?«

»Ich brauche einen Löffel für meine Braut.«

»Soso! Einen Löffel für deine Braut. Willst du ihr damit ein paar hinter die Löffel geben?«

»Nein!«, rief Arndt entsetzt und war wieder auf die Späße der Moorfrau hereingefallen. »Ich liebe sie von Herzen und würde sie niemals schlagen. Ich schnitzte viele Abende lang an einem Holzlöffel, den ich ihr morgen an unserem Hochzeitstag überreichen wollte. Doch die Katze sprang mich an, und er fiel ins Feuer. Nun wird meine Liebste morgen von den Leuten im Dorf ausgelacht, weil sie so einen Trottel heiraten will.«

»Siehst du die alte Esche am Ende des Moors? Wenn dein Herz rein ist, werden die Toten des Moors dir den Weg weisen, und du wirst dort finden, wonach du suchst.« Sie schlug ihm, wie beim letzten Mal, die Tür vor der Nase zu, und Arndt ging schaudernd von Tümpel zu Tümpel und jeweils in die Richtung, die ihm die Toten im grün leuchtenden Wasser wiesen. Unter der Esche lag ein reich verzierter Löffel aus Metall. Er sah ihn sich näher an und wunderte sich über die merkwürdige, dunkelbraune Schicht, mit der er überzogen war. Da bemerkte er an einer kleinen Stelle am Stiel einen hellen Glanz. Der Löffel war aus Gold, das unter einer braunen Schicht verborgen war. Wieder schimmerte der Rückweg grünlich, und er ging mit raschen Schritten und voller Vertrauen auf die Güte der Moorfrau nach Hause, um am nächsten Tag zu heiraten.

So gingen ein paar Jahre ins Land. Er lebte gesund und zufrieden mit seiner Frau, seinen Eltern und einer wachsenden Kinderschar in der alten Kate. Das Leben war hart, aber die Not war nie so groß, dass er an die Frau im Moor als letzten Ausweg denken musste.

Doch dann kamen schwere Zeiten. Der Grundherr musste in den Krieg ziehen und erhöhte die Abgaben. Werber zogen durch die Dörfer und überredeten mit Geld, Bier und guten Worten die jungen Burschen, sich zu den Waffen zu melden. Arndt machte sich große Sorgen, was wohl geschehen würde, wenn fremde Krieger plündernd und brandschatzend durch die Gegend ziehen würden. Er verstand nicht viel von solchen Dingen, aber ihm war bewusst, wie launisch das Kriegsglück sein konnte. Wie konnte er Frau und Kinder, Haus und Hof verteidigen?

In der nächsten Vollmondnacht ging er ins Moor. Wieder wurde die Tür mit einem Ruck aufgerissen, bevor er klopfen konnte.

»Ach, ach? Nun kommst du abermals zu mir!«, krächzte die Moorfrau. »Was willst du?«

»Nichts für mich, werte Frau«, beeilte sich Arndt zu sagen.

»Das will ich dir auch geraten haben! Nun?«

»Ich brauche eine Waffe für meine Familie.«

»Soso! Eine Waffe für deine Familie. Willst du sie damit erschlagen?«

»Nein!«, rief Arndt. »Der Herr zieht in den Krieg und lässt uns schutzlos zurück. Wie soll ich meine Familie verteidigen, wenn fremde Krieger in die Gegend kommen?«

»Siehst du die alte Esche am Ende des Moors? Wenn dein Herz rein ist, werden die Toten des Moors dir den Weg weisen, und du wirst dort finden, wonach du suchst.«

Er folgte dem Weg, den die Toten in den grün schimmernden Tümpeln ihm wiesen und fand am Fuße der Esche ein Schwert mit einem goldenen Griff. Er trug es nach Hause, umwickelte den Griff mit Leinenstreifen und verbarg es im Heu.

Eines Tages zogen versprengte Söldner plündernd durchs Land. Mutig stellten sich Arndt und seine Nachbarn ihnen entgegen. Den Anblick von Knüppeln und morschen Heugabeln waren die Soldaten gewöhnt, aber als auch ein

Schwert geschwungen wurde, ließen sie ihre Beute liegen und suchten ihr Heil in der Flucht.

Siegestrunken ging Arndt in der Nacht ins Moor. Der Vollmond schien auf den schimmernden Weg und das Häuschen der Moorfrau. Er klopfte an. Erst leise, dann lauter, bis sich endlich die Tür öffnete.

»Holla, die Moorfee!«, rief er übermütig und sah der Moorfrau in ihre grünlich schimmernden Augen. »Ich konnte die Feinde in die Flucht schlagen! Und morgen brauen wir aus dem Korn, dass sie zurückließen, ein großes Fass Bier! Deshalb bitte ich dich: Gib mir zwölf goldene Becher, mit denen ich die Nachbarn bewirten kann!«

Die Moorfrau sah ihn eine Weile ernst an. Dann sprach sie: »Du weißt genau, was du willst.«

»Nichts für mich, werte Frau! Ich will meinen Nachbarn die Becher schenken! Sie sollen sehen, dass ich nicht nur tapfer mit einem Schwert kämpfen, sondern auch großzügig Gäste bewirten kann!«

»Die Toten des Moores werden dir den Weg weisen«, murmelte die Moorfrau und schlug die Tür zu. Arndt drehte sich um und blickte in das grünlich schimmernde Wasser. Der Tote sah mit starrem Blick durch ihn hindurch und winkte ihn zu sich heran. Er zeigte nicht in eine Richtung, sondern versuchte, ihn ins Wasser zu locken. Arndt sah sich verblüfft um. Hände wurden aus allen Tümpeln, die er sehen konnte, herausgestreckt. Sie winkten ihn zu sich heran und luden ihn durch Gesten ein, zu den Toten ins Wasser zu steigen. Verzweifelt versuchte er, selbst einen sicheren Heimweg zu finden. Doch plötzlich rutschte er aus. Hände griffen nach ihm und zogen ihn in die Tiefe.

Blütenpracht

Anfangs hatte ich befürchtet, dass mein fünfundachtzigster Winter auch gleichzeitig der letzte in meinem Leben sein würde, aber dann ging es mir doch von Tag zu Tag besser. Ich musste mich jedoch noch lange schonen, denn mit einer Lungen- und Rippenfellentzündung war in meinem Alter nicht zu spaßen. So konnte ich anfangs immer nur für kurze Zeit ein bisschen im Lehnstuhl am Fenster sitzen, während die nette Dame vom Pflegedienst mein Bett lüftete und zurechtmachte.

Vom Schlafzimmerfenster aus konnte ich den ganzen Nachbargarten überblicken, was in den vorangegangenen Jahren nicht sonderlich reizvoll gewesen wäre, denn die Wegerers hatten ihn komplett verwildern lassen. Und Cindy, ihr Yorkshire Terrier, hatte ihm noch den Rest gegeben, obwohl das arme Tier natürlich nichts dafür konnte, da es nur sehr selten Gassi geführt wurde.

Aber in diesem Jahr war alles anders. Nachdem seine Frau von einem Tag auf den anderen in einem Pflegeheim in der Schweiz untergebracht worden war, hatte Herr Wegerer plötzlich seine Liebe zur Gartenarbeit entdeckt und die Rabatte vom Unkraut befreit. Und nun im Frühjahr blühten dort Krokusse und Schneeglöckchen in ungewohnter Pracht.

Obwohl wir seit über dreißig Jahren nebeneinander gewohnt hatten, waren mir die beiden immer ein wenig fremd geblieben. Man grüßte sich, wünschte sich fröhliche Weihnachten, frohe Ostern oder ein gutes, neues Jahr, aber ansonsten ging jeder seiner Arbeit und seinen Hobbys nach. Herr Wegerer war bis zur Pensionierung Zugbegleiter gewesen, und seine Frau hatte im Supermarkt an der Kasse gesessen. Letzten Sommer war sie in den wohlverdienten Ruhestand gegangen, den sie aber nicht lange hatte genießen können, denn schon zwei Monate später war sie ins Pflegeheim gekommen.

»Schlaganfall!«, hatte mir die Anna beim Bäcker erzählt. »Das trifft auch Junge! So schnell kann's gehen! Eben sagt man noch ›Gute Nacht!‹ und rumsbums liegt man auf dem Boden und weiß nicht mehr, wie man heißt!«

»Die Anna hat so eine blühende Phantasie. Sie weiß sicherlich auch keine Details, aber die schmückt sie großzügig aus!«, wie ich immer kichernd zu meiner Putzfrau sagte. Aber traurig war das doch, auch wenn ich Frau Wegerer kaum kannte. Je älter man wurde, desto mehr Gleichaltrige wurden ernsthaft krank oder starben. Und irgendwann stellte man erstaunt fest, dass die Leute in den Todesanzeigen jünger waren als man selbst.

So saß ich jeden Tag ein wenig länger am Fenster und schaute mir die bunte Pracht von Herrn Wegerers Rabatte an. Zu den Krokussen und Schneeglöckchen gesellten sich Tulpen, Narzissen und Iris.

Und eines Tages war ich kräftig genug, um ein wenig vor die Tür zu treten und die Blütenfülle in Augenschein zu nehmen. Leider hatte sein gärtnerischer Ehrgeiz inzwischen ziemlich gelitten, denn die verblühten Stängel sahen aus der Nähe betrachtet sehr trostlos aus. Und auch das Unkraut wucherte schon wieder ungehindert.

Aber ich sagte mir: »So ein Löwenzahn kann auch hübsch aussehen, wenn er blüht!« Und ich erfreute mich an dem Anblick. Die Regenwürmer hatten ganze Arbeit geleistet und überall kleine Erdhäufchen nach oben geschoben. Denen gefiel sicherlich auch das frisch angelegte Beet, in dem die Erde noch lockerer war als im Rest des Gartens.

Leider regnete es den Rest der Woche, und ich konnte erst wieder am Montag ein wenig in den Garten. Mein eigener war in einem traurigen Zustand. Der Gärtner hatte fast alle Rabatten mit Bodendeckern bepflanzt, die nicht so viel Arbeit machten wie der Staudengarten, den ich ein halbes Jahrhundert lang gehegt und gepflegt hatte. Ich mochte gar nicht näher hinsehen und beschloss, im Herbst ein paar Blumenzwiebeln in die Erde zu stecken, um im darauffolgenden Frühjahr auch ein wenig Farbe vor Augen zu haben. Ich kicherte ein bisschen in mich hinein, denn mir fiel ein Satz meiner eigenen Großmutter ein:»Wenn du noch Pläne für die Zukunft machen kannst, dann kann es dir nicht wirklich schlecht gehen!«

Herr Wegerers Garten war Opfer eines übereifrigen Maulwurfs geworden. Überall hatte das kleine Tierchen seine Erdhaufen hochgeschoben und auch das schöne Frühlingsbeet nicht verschont. Cindy trottete gelangweilt durch den Garten und kam sofort angelaufen, als sie mich sah. Manchmal fand sich in meiner Schürzentasche nämlich ein Leckerli für sie, aber da ich noch nicht gesund genug war, um die Hausarbeit selbst zu erledigen, trug ich auch keine Schürze, und die Kleine hatte umsonst mit dem Schwanz gewedelt.

»Tut mir leid, meine Süße, an dich habe ich gar nicht gedacht.«

Aber sie schien nicht sonderlich enttäuscht zu sein, und ich sah ihr zu, wie sie an den Maulwurfhaufen schnüffelte und mal an dem einen und mal an dem anderen ein bisschen vage buddelte.

»Völlig überzüchtet, diese Viecher!«, murmelte ich.

Doch dann legte Cindy in dem einen Erdhaufen etwas Buntes frei. Der Maulwurf hatte zusammen mit der Erde ein Stoffband nach oben befördert, und Cindy zog mit der ganzen Kraft ihres kleinen Körpers daran, aber es schien fest im Boden verankert zu sein. Ich betrachtete dieses drollige Schauspiel eine Weile und bewunderte ihre Ausdauer, bis ich den Stoff erkannte.

»Frau Wegerers buntgeblümte Küchenschürze!«, schoss es mir durch den Kopf, und mir wurde ganz flau. Sie hatte daheim jahraus und jahrein dieselbe geblümte Küchenschürze getragen. Wahrscheinlich hatte sie zwei davon besessen, denn sie hatte niemals schmuddelig gewirkt. Aber nun schaute der Schürzenbändel hier zum Maulwurfshaufen heraus und gab keinen Zentimeter nach, obwohl Cindy wie verrückt daran zog. Aus dem Augenwinkel sah ich noch, wie die kleine Hündin anfing, eifrig zu graben, aber da war ich schon auf dem Weg zum Telefon, um die Polizei anzurufen.

Eigentlich hatte es mich gleich gewundert, dass der alte Geizkragen seiner Frau ein Pflegeheim im Ausland ausgesucht haben soll.

Mondscheinpicknick

Lena schrie laut auf. Sie schlug sich zwar sofort die Hand auf den Mund, aber es war zu spät. Das Gelächter auf den Vordersitzen des alten Polos war kaum zu überhören.

»Immer diese lästigen Zwischenrufe der Hinterbänkler! Ruhe da hinten auf den billigen Plätzen!«, rief Gilbert gespielt streng.

Alexander drehte sich zu ihr um. »Das war nur ein Stück Holz, das beim Fahren gegen den Unterboden geschleudert wurde.« Dabei lachte er merkwürdig abgehackt, als müsse er nach jedem Ha kurz Luft holen. Der Weg wurde immer schlechter. Wo keine Äste herumlagen, befanden sich tiefe Schlaglöcher.

»Bist du dir sicher, dass wir richtig sind?«, fragte Gilbert, während er einen Schlenker machte und dem Abgrund bedrohlich nahe kam. Lena kniff die Augen ganz fest zu und versuchte, an etwas Schönes zu denken, aber auf dem holprigen Waldweg wurde sie ständig aus ihren Tagträumen geschüttelt.

»Mensch! Lass mich doch einfach aussteigen und den Mist wegräumen!« Selbst Alexander schien sein Stakkato-Lachen vergangen zu sein. »Klar sind wir hier richtig! Seit dem letzten Wegweiser kam keine Abzweigung. Wie können wir da falsch sein?«

»Vielleicht hast du sie übersehen? Ich muss auf den Weg achten und kann nicht auch noch nach links und rechts schauen.«

»Okay, als dein offizieller Beifahrer verlese ich folgende Bekanntmachung: Links geht es steil den Berg hoch. Rechts geht es steil den Berg runter. Selbst wenn ich da eine Abzweigung übersehen hätte, wäre sie sicherlich nicht mit deiner Rostlaube befahrbar, sondern höchstens ein Wildwechsel für Steinböcke und Gämsen.«

»Jaja, erzähl mir nichts vom Elch. Da vorn ist sowieso Endstation.«

»Sind wir da?«, rief Lena hoffnungsvoll und wagte, die Augen zu öffnen. Draußen war es schon ziemlich finster, da die untergehende Sonne sich hinter dem Berg versteckte, zu dessen Gipfel der unbefestigte Waldweg führen sollte.

»Das kommt darauf an. Wenn du das Picknick im Matsch vor einer Schranke machen möchtest, dann sind wir da. Wenn du die Mondfinsternis sehen willst, sollten wir zu Fuß weiter bis zur Burgruine. Hier sieht man den Wald vor lauter Bäumen nicht, geschweige denn den Mond.« Gilberts Antwort wurde von Alexander wieder mit Stakkato-Gelächter quittiert.

»Warum ist die Schranke unten?« Lena biss sich auf die Lippen, aber da war ihr die Frage bereits herausgerutscht.

»Weil gleich ein Zug kommt«, antwortete Gilbert mit todernstem Gesicht und machte, während Alexander weiterlachte, eine Handbewegung, als wolle er Ungeziefer verscheuchen. »So, jetzt steigt aus, damit ich wenden und seitlich ranfahren kann. Der Parkstreifen ist wohl für Zwerge und Kobolde geplant. Viel Platz gönnen sie uns nicht.«

Beim Stichwort *wenden* sprang Lena hektisch aus dem Auto und versank mit beiden Absätzen im Matsch. So nah am Abgrund in einer winzigen Ausweichstelle ein waghalsiges Manöver eines ungeduldigen Fahrers? Nein, das stand bestimmt nicht ganz oben auf ihrer Wunschliste fürs Christkind. Wessen saublöde Idee war es gewesen, die Einladung zu einer Blutmondparty im Park mit Freundinnen, Grillwürstchen und Erdbeerbowle auszuschlagen und stattdessen mit diesen zwei Komikern zu einer Ruine zu fahren? Ach ja, meine! Lena ohrfeigte sich in Gedanken, während sie mühsam bei jedem Schritt den Absatz aus dem Dreck zog. Die Schuhe konnte sie wohl abschreiben.

Leichter Bodennebel umwaberte diesen Abschnitt des Wegs trotz des trockenen Wetters, und das heruntergefallene Laub roch modrig. Natürlich hatte Gilbert sensationelle Grübchen, wenn er lachte, und die Art, wie er dabei seine rotblonden Locken schüttelte, ließ postwendend ihre Knie weich werden, aber manchmal hatte sie den Eindruck, als lache er nicht mit ihr, sondern über sie. War sie für ihn nur ein dummes Schäfchen? Eine Witzfigur? Die man mitnahm, damit man eine Stichwortgeberin für alberne Scherze dabei hatte, mit denen man sich vor dem besten Freund wichtig machen konnte? Gilbert, der Charismatiker. Gilbert, der Partylöwe. Gilbert, der Frauenschwarm. Als er sie gestern spontan eingeladen hatte, die Mondfinsternis in einem ganz speziellen Ambiente zu beobachten, hatte sie an ein romantisches Tête-à-Tête gedacht und begeistert zugesagt. Aber nun war auch Alexander dabei, und der schmale, steile Weg, der durch einen herbstlichen, alten Mischwald führte, entsprach überhaupt nicht Lenas Vorstellungen von einem speziellen Ambiente.

»Was ist? In fünf Stunden beginnt die Mondfinsternis. Schaffst du die dreihundert Meter bis dahin?«, erkundigte Gilbert sich gespielt beiläufig.

Bevor Lena antworten konnte, blickte Alexander verblüfft auf die Decke über ihrem Arm und fragte: »Hast du gar keinen Schlafsack dabei? Okay, es ist September, aber das wird eine sternklare Nacht. Und die sind immer saukalt!« Pause. »Also, die Nächte meine ich.«

»Ich hab ja die Decke. Und ich hab uns Tee gemacht. Und Haferkekse mit Schokolade.«

»Und ich habe eine Espressomaschine dabei. Da kann uns gar nicht kalt werden.« Gilbert schwenkte einen Karton.

»Woher nimmst du den Strom?«, fragte Lena erstaunt und bemerkte zu spät die Aufschrift: Riesling Bag-In-Box 3 L. Das schallende Gelächter brachte sie zu dem Entschluss, am besten gar nichts mehr zu sagen.

»Sollten wir morgen früh den Rückweg nicht mehr finden, brauchen wir nur auf Lenas Spuren zu achten. Die sind besser als die Brotkrümel bei Hänsel und Gretel.«

Alexander folgte Gilberts Blick und gab wieder eine Kostprobe seines Stakkato-Lachens.

»Hoffentlich hält die in tausend Jahren kein Archäologe für Pfostenlöcher und wundert sich, was für merkwürdige Gebäude wir hier gebaut hatten«, setzte Gilbert noch einen drauf.

Lena atmete erleichtert auf, als der Weg trockener wurde. Aber er wurde auch steiniger. Statt bei jedem Schritt mit dem Absatz zu versinken, drohte sie nun ständig, mit dem Fuß umzuknicken. Ihre Begleiter machten sich einen Jux daraus, neben ihr drei Schritte vor und zwei zurück zu gehen, was bei Lenas Schneckentempo locker möglich war. Dadurch flitzte der Schein der Taschenlampen-App wild im Zickzack über den Weg, sodass Lena ganz schwindlig wurde. Warum habe ich nur Pumps angezogen? Aber sie wusste natürlich insgeheim die Antwort: Sie wollte sexy aussehen und Gilbert gefallen. Nun kam sie sich lächerlich vor in ihrer sündhaft teuren Bluse über den Skinny Jeans, die ja doch nur durch die dicke Jacke verdeckt wurde. Und bei der Dunkelheit hätte sie auch locker ungeschminkt und unfrisiert kommen können.

Endlich gelangten sie ans Ziel. Doch was Gilbert so vollmundig als Burgruine angepriesen hatte, war in Wirklichkeit nur der spärliche Rest einer kleinen befestigten Anlage, deren ursprünglicher Zweck sich wohl nur Archäologen sofort erschloss. Man konnte in der fortgeschrittenen Dämmerung die Fundamente von Mauern und Gebäuden erahnen, und von einem Turm war sogar noch fast ein Meter der Wand zum Burghof übrig. Das Ganze wurde wohl hauptsächlich als Ausflugsziel für Sonntagsspaziergänger genutzt, für die die Gemeinde ein paar Tische, Bänke und Abfallkörbe aufgestellt und an den steileren Stellen Geländer montiert hatte. Sogar ein Grill war vorhanden, und Lena dachte sehnsüchtig an die Würstchen, die ihre Freundinnen für ihre Blutmondparty gekauft hatten.

»So, wir sind da! Das ist die Burgmauer, dort ist der Bergfried, und hier haben wir die beheizbare Kemenate.« Gilbert deutete auf den gemauerten Grill und nahm das Stakkato-Gelächter seines Ein-Mann-Publikums mit huldvollem Lächeln entgegen. Lena legte wortlos ihre Decke auf eine der Bänke, holte zwei Thermosflaschen mit Tee und eine große Blechdose mit Haferkeksen aus ihrer Umhängetasche hervor und stellte sie vor sich auf den Tisch.

Eigentlich hätte sie es ahnen können: Gilbert platzierte zwei Windlichter und den Weinkarton auf einem anderen Tisch, nahm Platz und fragte:»Möchtest du dich nicht lieber zu uns setzen? Oder sitzt du gern allein?«

Lena hätte am liebsten Ja gesagt. Ja, sie wäre jetzt lieber allein, und ja, sie hatte die Nase voll von den albernen Scherzen, und ja, sie hatte Humor. Richtigen Humor. Nicht den, der grundsätzlich auf Kosten anderer ging. Sie konnte sehr selbstironisch sein und sich mit Leichtigkeit über ihre eigenen Schwächen lustig machen. Das hatte sie Gilbert voraus.

Alexander kam zu ihr und nahm die beiden Thermosflaschen. »Komm, ich helfe dir tragen.«

»Nett von dir.« Tränen der Dankbarkeit stiegen ihr in die Augen. So ein Mist! Wenn Gilbert mich weinen sieht, deutet er sicher auf mich und behauptet, hier sei der Ziehbrunnen. Bei dem Gedanken musste sie lächeln. Kann man sich eigentlich auch spontan entlieben? So, wie man sich auf den ersten Blick verlieben kann? Sie setzte sich zu den anderen und hing ihren Gedanken nach.

»So, wir haben Chips, Chips und Chips!« Gilbert zog nacheinander drei XXL-Tüten vom Discounter aus Alexanders Plastiktragetasche und stellte eine Flasche demonstrativ mitten auf den Tisch. »Und eine grüne Fee haben wir auch. Damit ist der Ausflug ins Märchenschloss komplett!«

Lena konnte nicht anders, als ihr freiwilliges Schweigegelübde sofort wieder zu brechen: »Was ist das?«

»Absinth«, antwortete Alexander. »Angeblich soll van Gogh sich im Absinthrausch das Ohr abgeschnitten haben, aber vielleicht ist das auch nur eine Marketinglüge. Letztendlich ist es ein Kräuterschnaps, der ordentlich knallt. Was wollt ihr trinken?« Er zauberte ein paar Plastikbecher aus seiner Umhängetasche und blickte fragend in die Runde.

»Ich trinke erst mal Wein«, beschloss Gilbert. »Mit der grünen Fee können wir den roten Mond begrüßen. Das passt. Das sind Komplementärfarben, meinte zumindest Onkel Goethe.«

»Ich trinke lieber Tee«, flüsterte Lena und zog unwillkürlich den Kopf ein, einen neuen Spruch erwartend. »Möchte vielleicht jemand? In der weißen Flasche ist Darjeeling First Flush und in der Edelstahlflasche ist Buddhist Tea. Ich wusste nicht, ob ihr lieber schwarzen oder grünen Tee trinkt. Ich habe auch Plastiktassen dabei.«

»Danke, aber wir haben hier schon was Grünes.« Alexander lächelte freundlich, und Lena fühlte sich gleich etwas wohler. Er machte mit seinem Smartphone ein paar Fotos von der Umgebung und vom Stillleben auf dem Tisch und zeigte sie Gilbert. »Sind die zu dunkel?«

»Äh ... Ja. Drei Schwarzbären betreiben im Schwarzwald eine Schwarzbrennerei für Schwarzkirschschnaps. Mehr kann ich nicht erkennen.«

»Vielleicht liegt das auch nur jetzt am Display. Ich werde sie daheim aufhellen.«

Es entspann sich eine Fachsimpelei über Bildbearbeitung und Belichtung, der Lena bald nicht mehr folgen konnte. Sie stand auf, sah sich die spärlichen Reste der Burganlage an und nippte dabei an ihrem Tee. Wie sie die nächsten Stunden aushalten sollte, ohne vor Langeweile den Kopf gegen die Mauerstümpfe zu schlagen, war ein wichtiger Bestandteil ihrer Überlegungen.

Inzwischen war man am Tisch beim Thema Computerspiele angekommen und hatte Lenas Gedankenwelt endgültig verlassen. Sie wickelte sich in ihre Decke, legte sich auf eine freie Bank, betrachtete den Mond und dachte sich eine Geschichte aus. Bis jetzt hatte der Held ihrer Tagträumereien immer Grübchen und rotblonde Locken besessen, aber nun hatte er plötzlich verblüffende Ähnlichkeit mit Benedict Cumberbatch. Ha! Das hast du nun davon, Gilbert!

Lena musste wohl trotz der angeregten Diskussion ihrer Begleiter eingeschlafen sein, denn sie schreckte hoch, als sie Gilberts Stimme dicht neben ihrem Kopf hörte. »Willst du den Blutmond sehen oder lieber weiterpennen, und wir erzählen dir morgen, wie's war?«

Der Vergleich zwischen Traum-Benedict und Gilberts feixendem Gesicht aus weniger als einem halben Meter Entfernung fiel eindeutig aus. Seine Alkoholfahne kam erschwerend hinzu. Am anderen Tisch sah Alexander auch nicht mehr sonderlich frisch aus. Er saß dort im Schlafsack, den er bis zur Brust hochgezogen hatte, und kaute krachend mit vollen Backen Chips. Die Weinbox lag inzwischen im Abfallkorb. Lena blickte zum Mond, der schon fast ganz im Erdschatten verschwunden war.

»Willsu auch eine Schlugg Abbsinth?«, lallte Alexander, als sie sich wieder neben ihn setzte, und legte ihr mit strahlendem Lächeln den Arm um die Schulter. Lena befreite sich und rückte etwas von ihm ab. »Nein, danke. Möchte jemand Tee?«

»Nee, dange.« Die beiden Grünfeetrinker stießen mit ihren Plastikbechern an, nahmen große Schlucke und lobten den Inhalt ausführlich, überschwänglich und nur teilweise für Nüchterne verständlich.

Lena betrachtete aufmerksam den Nachthimmel. »Es geht los!«, flüsterte sie aufgeregt. »Der Mond färbt sich rot!«

Täuschte sie sich, oder roch die Luft plötzlich anders? Oder kam ihr das nur so vor, weil es feuchter zu werden schien? Dunstschwaden zogen ringsherum auf. Der Schein der Windlichter wurde von den winzigen Wassertröpfchen reflektiert. Die drei waren von einer zart leuchtenden Nebelwand umschlossen. Nur nach oben hin blieb die Luft klar und trocken und gab die Sicht auf den Blutmond frei.

Plötzlich konnte Lena in den schimmernden, wabernden Schwaden dunkle Umrisse erkennen. Sie wurden mit der Zeit immer deutlicher, als sich der Nebel langsam auflöste.

Es waren Mauern. Keine Fundamente. Keine armseligen Mauerreste. Mauern aus großen, sorgfältig eingepassten Steinen. Eine komplette kleine Burg mit Türmen, Bergfried, Wehrgängen und allen Schikanen. Wäre Lena nicht so entsetzt gewesen, hätte sie Gilberts allererste Sprachlosigkeit an diesem Abend sicherlich sehr genossen.

Als Erster erholte sich Alexander von der Schockstarre, sprang auf, stolperte und fiel wegen des Schlafsacks beinahe der Länge nach hin. Er streifte ihn ab, ließ ihn auf der Erde liegen und wankte, vor Begeisterung sein Stakkato-Lachen ausstoßend, mit starkem Linksdrall auf die nächstgelegene Mauer zu. Wie ein Kleinkind patschte er mit den Händen dagegen.»Die issa echt! Die is echt echt! Issa irre!«

Gilbert folgte ihm mit unsicheren Schritten und streckte vorsichtig die Hand aus.»Das gibt's nicht!«

»Doch! Doch! Die is echt echt!«

»Wie kann das sein? Eben ragten da doch überall nur so ein paar Steine aus dem Boden, und jetzt ...«

»Das wan keine Steine. Das wa ne Ruine, hassu gesagt!«

»Das muss eine Materialisation eines Hologramms sein. Darüber habe ich im Internet was gelesen.«

»Eine was? Issa irre!«

»Oder ein Spaltenriss im Raum-Zeit-Kontinuum.«

»Wa?«

»Oder im Quantenschaum sind mehrere Raumzeitblasen simultan implodiert.«

»Hm ...«

Gilbert blickte zum Mond und nickte dann heftig.»Es könnte auch so etwas wie eine Springflut sein. Wie war das gleich? Wenn Sonne, Erde und Mond auf einer Geraden stehen, dann gibt es eine Springflut, bei der das Wasser mehr als bei einer normalen Flut angezogen wird ...«

»Hä?«

»… und jetzt stehen die drei ganz genau auf einer Linie. Deshalb verdeckt ja die Erde den Mond komplett. Vielleicht wird dadurch nicht nur das Wasser angehoben, sondern auch an der Zeit gezerrt. Oder die Grenze zu einem Paralleluniversum, in dem die Burg nicht zerstört ist, wird überspült.« Gilbert kratzte sich ratlos am Kopf, zog sein Smartphone aus der Tasche und tippte wild darauf herum.

»Machsu ein Selfie midder Springflud?«, fragte Alexander interessiert, wartete aber vergeblich auf eine Antwort. »Na gud, dann geh ich jest da die Trebbe rauf!« Er leuchtete mit seiner Taschenlampen-App auf schmale Stufen, die an der Wand entlang zum Wehrgang der Burgmauer führten. Lena, die sich die ganze Zeit an ihrer Bank festgekrallt hatte, hielt den Atem an und kniff die Augen zu, aber Alexander kam wohlbehalten oben an, streckte den Kopf zwischen zwei Zinnen hindurch und rief »Kuckuck!« in den Wald.

»Warte! Ich komme auch!« Gilbert sprang leichtfüßig die Stufen hinauf und setzte seine Fachsimpelei fort, während Alexander hin- und herlief, so tat, als halte er ein Maschinengewehr in den Händen, und ein imaginäres Blutbad anrichtete.

Mit zitternden Händen führte Lena die Tasse zum Mund und trank in kleinen Schlucken. Sie fühlte sich gar nicht gut und hielt sich sicherheitshalber an der Tischkante fest, als sie den Kopf in den Nacken legte, um sich erneut den Mond anzusehen. Er war tatsächlich erstaunlich rot und wirkte auf unerklärliche Weise friedlich und unschuldig. War er wirklich für das alles verantwortlich? Der Rest des Nachthimmels sah eigentlich aus wie immer. Ein Spaltenriss, ein Hologramm oder eine simultan implodierte Springflut, die Paralleluniversen überspringflutete, konnte sie zumindest auf den ersten Blick nicht entdecken.

Gilbert und Alexander kamen wieder herunter und setzten sich zu ihrer Begleiterin. Es wollte aber nicht so recht ein Gespräch in Gang kommen. Gilbert leuchtete kreuz und quer in der Gegend herum, hatte jedoch aufgehört, alles zu kommentieren oder erklären zu wollen.

»Eh! Wassn das?« Alexander deutete auf den Bergfried. Gilbert richtete den Strahl seiner Taschenlampen-App noch einmal in diese Richtung, und dann sahen es alle: eine Holztür. Während Lena lieber weiterhin sitzen blieb, sprangen die beiden anderen wie elektrisiert auf und liefen hinüber. Die Tür ließ sich öffnen, und sie leuchteten hinein.

»Lena, das musst du gesehen haben. Da drin ist alles nagelneu!«

Nun siegte doch die weibliche Neugier über Lenas panische Angst. Was gab es dort zu sehen? Edle Wandteppiche? Verzierte Truhen? Mit kostbaren Gewändern gefüllt? Lena ging vorsichtig wie auf einem Schwebebalken, aber ihre Enttäuschung war groß, als hinter der Holztür lediglich eine Steintreppe zum Vorschein kam. Doch sie stieg folgsam hinter ihren Gastgebern die Stufen hinauf.

Oben wehte ein eiskalter Wind. Gilbert und Alexander lehnten sich über die Brüstung und stierten nach unten. Lena ließ das lieber sein und wollte stattdessen noch einmal den Mond betrachten. Deshalb waren sie schließlich hier. Doch als sie sich mit der Hand abstützte, zuckte sie erschrocken zurück. Die Mauer war eiskalt wie eine Packung Tiefkühlerbsen.

Vorsichtig betastete sie die Steine. Sie hatte sich nicht getäuscht. »Du, Gilbert ...«

Plötzlich gab Alexander ein lautes Rülpsen von sich und erbrach sich über die Brüstung.

»Wow! Das ist was fürs Guinnessbuch! So weit in die Tiefe hat vor dir noch keiner gekotzt!«, rief Gilbert jauchzend.

Das war zu viel für Lena. Wenn sie etwas absolut nicht ertragen konnte, dann alles, was bei einem Körper nicht zur rechten Zeit am rechten Platz war. Sie folgte, so schnell sie sich traute, dem zitternden Schein ihrer Taschenlampen-App die Treppe hinunter und atmete erleichtert auf, als sie wieder den Burghof unter den Schuhsohlen hatte. Die Mauer konnte sie auch hier unten tätscheln.

Sie betastete wieder vorsichtig die Steine. Ja, sie waren eisig. Doch, halt! Hier fühlten sie sich lediglich kühl an. Das ist der Mauerrest der Ruine! Lena war sich sicher, dass der etwa diese Höhe gehabt hatte. Aus den Augenwinkeln sah sie einen Schatten vorbeifallen und hörte Sekundenbruchteile später ein Klirren und Splittern. Sie machte einen Satz zurück und verstauchte sich beinahe den Knöchel dabei. Wütend starrte sie erst auf die zerbrochene Flasche und dann nach oben.

»Ups!«, flötete Gilbert. »Alexander und ich haben gewettet, ob die grüne Fee fliegen kann.«

Das nervtötende Stakkato-Lachen, mit dem das quittiert wurde, gab Lena endgültig den Rest. Sie stapfte zum Tisch und packte ihre Sachen zusammen. Die Decke faltete sie einmal quer und legte sie sich um die Schultern, obwohl ihr vor Zorn ganz warm war. Sie hatte am Ortsausgang an der Abzweigung zur Ruine eine Bushaltestelle gesehen. Zwar war ihr Leben momentan gerade an einem Tiefpunkt angelangt, aber sie wollte es trotzdem nicht als Mitfahrerin eines Betrunkenen riskieren.

Noch einmal betrachtete sie den Blutmond, um sich still von ihm zu verabschieden. Das Rot wurde langsam schwächer. An einer Seite bildete sich ein schmaler, leuchtender Rand. Ein markerschütternder, zweistimmiger Schrei. Lena zuckte zusammen und hielt sich an der Tischkante fest. Die Mauern waren weg. Der Bergfried war weg. Nur die Fundamente und der kleine Mauerrest waren übrig.

Lena setzte sich auf die Bank und wartete, bis ihr Schwindelgefühl nachließ und sie wieder gehen konnte. Sie leuchtete vorsichtig hinter dem Mauerrest nach unten. Dort befand sich jedoch nur eine Felswand, von der sich anscheinend schon vor sehr langer Zeit ein Brocken gelöst hatte, der einen Erdrutsch verursacht und den Bergfried mit in die Tiefe gerissen hatte. Doch sie konnte nichts erkennen, was einen wie auch immer gearteten Sturz ihrer Begleiter hätte bremsen können. Der Schein verlor sich weiter unten in der Dunkelheit.

Wie in Trance kehrte Lena zum Tisch zurück und holte ihre Sachen. In jeder Hand ein Windlicht, machte sie sich zu Fuß auf den langen, unbequemen Weg zur Bushaltestelle.

Erschöpft setzte Lena sich auf die Bank im Wartehäuschen und sortierte ihre Gedanken. Plötzlich zuckte sie zusammen. Ich muss die Polizei rufen! Sie fing an, die Notrufnummer zu tippen, hielt aber nach zwei Ziffern erstaunt inne und flüsterte kaum hörbar: »Was soll ich ihnen sagen?« Sie steckte das Mobiltelefon wieder weg und blickte eine Weile ratlos zum Mond hoch, der friedlich und still von einem wolkenlosen Himmel herabschien.

»Ich wollte doch bloß ein nettes Mondscheinpicknick. Ist das vielleicht zu viel verlangt?«, rief sie ihm zu und erschrak vor ihrer eigenen Stimme.

Mit zitternden Händen holte sie die Thermosflasche hervor und goss sich Tee ein. Dabei fiel ihr Blick auf die Märchenbilder, mit denen die Keksdose verziert war: Hänsel und Gretel in sämtlichen Lebenslagen. Auf einem Bild streuten sie Brotkrumen, um den Rückweg finden zu können, und Lena musste an die Fußspuren denken, die sie, Gilbert und Alexander im feuchten Erdreich hinterlassen hatten: drei hin und eine zurück.

»Nun, Gilbert, wie erklärst du dir dieses Phänomen?«, fragte sie einen imaginären Gesprächspartner.

Sie zog die Augenbrauen hoch und ahmte seinen dozierenden Tonfall nach: »Wahrscheinlich verhält sich die Rückkehrprobabilität eines Individuums proportional zur Tiefe seiner Absatzspuren im Matsch.«

»Na, Alexander, wie findest du Gilberts Theorie?«

Sie kniff die Augen zusammen, riss den Mund weit auf und bleckte dabei albern die Zähne: »Ha – ha – ha – ha – ha!«

Dann öffnete sie die Dose, biss in einen Haferkeks und ließ ein paar Krümel auf die Erde fallen.

Der Star

In Windeseile kippte Stefan das benutzte Papiertaschentuch, das er im Büro aus dem Papierkorb eines Kollegen geangelt hatte, aus der Plastiktüte in den fast leeren Mülleimer, ließ zwei Zigarettenstummel seines Schwagers aus einer anderen Tüte in den Aschenbecher gleiten, platzierte den benutzten Einwegrasierer eines Freundes im Badezimmertreteimer, verstaute das dünne Seil in seiner Umhängetasche und verließ das Wohnzimmer, ohne sich die Leiche seiner Geliebten noch einmal anzusehen.

Im Flur blieb er stehen, atmete tief durch und überlegte in Ruhe, ob er auch nichts vergessen hatte. Spuren hatte er eventuell trotzdem hinterlassen. Da machte er sich keine Illusionen. Wichtig war lediglich, dass es nicht nur seine eigenen waren. Bei so viel unterschiedlicher DNA wäre ein zufällig verlorenes Haar nur eine unter vielen. Und Fingerabdrücke gab es hier keine von ihm.

Ines war vorausgegangen, hatte alle Türen geöffnet und gar nicht bemerkt, dass er sie mit dem Ellbogen geschlossen hatte. Und er war das erste Mal hier – um sein neues Heim zu besichtigen. Bisher hatten sie sich immer in Hotelzimmern getroffen. Sein neues Heim! Er musste grinsen. Jetzt trug er natürlich Handschuhe. Und das Seil wollte er auf jeden Fall mitnehmen. Die Idee, es wie ein Einbruch aussehen zu lassen, hatte er schon ganz am Anfang verworfen. Viel zu laut!

So vertraute er auf sein Alibi, ihre Schlampigkeit beim Putzen, ihren umfangreichen Bekanntenkreis und sein Glück, das ihn bisher nur ein einziges Mal im Stich gelassen hatte. Damals, vor drei Wochen, als Ines ihm das Ultimatum gestellt hatte. Er konnte seine Frau nicht verlassen. Das hatte seine Geliebte aber nicht eingesehen und immer wieder im Büro angerufen und um ein Treffen gebettelt. Sie war selbst schuld, dass sie jetzt tot war. Sie hätte ihn nicht erpressen dürfen.

Er konnte auf den Job nicht verzichten. Chefsessel wuchsen nicht auf Bäumen. Sein Schwiegervater war der Einzige gewesen, der sein Potenzial erkannt und ihm diese einmalige Chance gegeben hatte. Die konnte er sich nicht kaputt machen lassen. Außerdem waren rund hundertfünfzig Mitarbeiter von ihm anhängig. Die durfte er nicht der Willkür seines Schwiegerschwachkopfs überlassen. Die Entscheidung, Ines zu erdrosseln, war richtig gewesen. Das spürte er tief in seinem Herzen. Sie hatte sich eine gemeinsame Zukunft eingebildet. Eine Zukunft mit Kindern. Eine Familie. Hier. In diesem heruntergekommenen Haus, das sie von ihrer Patentante geerbt hatte. Eine Familie! Hier!

Stefan schauderte. Er hatte bereits ein Heim und eine Familie. Familie! Dieses Wort bedeutete ihm mehr als nur ein Gitterbettchen neben einem schäbigen Ehebett.

»Familie hat man nur mit jemandem aus guter Familie!«, hatte ihm sein Großvater immer wieder vorgebetet. Stefan hatte sich daran gehalten. Und Ines hatte ihm ein Ultimatum gestellt. Er mochte keine Ultimaten. Nun war sie tot. Es hätte nicht dazu kommen müssen, wenn sie vernünftiger gewesen wäre, aber Martina durfte niemals von seiner Geliebten erfahren.

Er sah zur Sicherheit noch einmal nach, ob das Seil, mit dem er sie vor vier Minuten erdrosselt hatte, auch wirklich in seiner Umhängetasche war, und blickte vorsichtig aus dem Flurfenster. Keine Menschenseele. Er verließ das Haus und ging nach hinten in den Garten.

Letzte Woche hatte er einen halben Tag freigenommen und die Umgebung genau ausspioniert. Die großen, verwilderten Grundstücke boten den idealen Sichtschutz. Er hatte Ines erzählt, sein Wagen sei in der Werkstatt, und sich von ihr abholen lassen. In Wirklichkeit hatte er ihn am Morgen am Ende des Trampelpfades abgestellt und war mit dem Bus zurückgefahren. Stefan musste also nur fünfhundert Meter gehen, einsteigen und wegfahren.

In Windeseile griff Hannelore nach ihrem Fotoapparat. Eine Goldammer! Sie knipste ein Bild nach dem anderen, wie ihr Enkel es ihr erklärt hatte.

»Oma, du musst nicht auf den geeigneten Moment warten«, hatte er lachend erläutert. »Knips einfach drauflos wie die Paparazzi! Hinterher suchen wir am Computer die besten Bilder aus und machen daraus ein Fotobuch.«

Sie lächelte und dachte an Toby, während sie den Vogel näher heranzoomte und ein Foto nach dem anderen schoss. Wie ein Paparazzo, der heimlich einen Star fotografierte. Nur hatte sie tatsächlich schon einmal einen Star fotografiert. Zwei Stare, um genauer zu sein. Sie kicherte, als sie an diesen alten Running Gag zwischen Toby und ihr dachte.

Die Goldammer flog plötzlich auf. Ein Mann ging den kleinen Trampelpfad zwischen den Gärten und den Feldern entlang. Hannelore wurde rot und schämte sich. Jetzt hatte sie versehentlich einen Menschen ohne seine Erlaubnis fotografiert. Und auch noch in Nahaufnahme. Wie ein Paparazzo.

Das Haus mit der Nummer 23

Nachdem ich mich für ein Wasser und gegen Kaffee entschieden hatte und alle Formalitäten geklärt waren, erzählte ich alles der Reihe nach. Ich hatte mir überlegt, dass es sicherlich einfacher war, das Unwichtige hinterher auszusortieren, als durcheinander geschilderte Ereignisse in die richtige Reihenfolge zu bringen. Und Zeit war Geld!

»Es begann damit, dass Herr Arhorn auf der Miteigentümerversammlung vorschlug, hinter dem Haus einen Fahrradschuppen zu bauen, weil in unserer Gegend in letzter Zeit so viele Räder gestohlen worden waren. Er hatte sich vor Kurzem ein richtig teures Exemplar gekauft, um damit jeden Tag zur Arbeit zu fahren. Er legte uns ein Angebot vor, das uns allen recht günstig erschien, und nach einer kurzen Diskussion stimmten fast alle zu. Nur ich enthielt mich wie immer. Ich habe zwar kein Fahrrad, aber ich hatte auch nichts dagegen, einen Schuppen anzuschaffen, denn man kann niemandem zumuten, es jeden Tag aus dem Keller hoch- und wieder hinunterzutragen.

Herr Liebler, der jeden Abend auf seinem Rad eine Runde durchs Landschaftsschutzgebiet dreht, hatte dann die Idee, den Schuppen an die Stelle zu bauen, an der jetzt der große Bretterverschlag für die Mülltonnen steht. Der war ohnehin schon morsch und musste ersetzt werden. Er schlug vor, für die Tonnen einen Betoncontainer vor dem Haus rechts neben den Parkplätzen aufzustellen. Frau Liebler meinte, das sei auch viel praktischer, weil die Bewohner es dann näher hätten und der Hausmeister am Müllabfuhrtag die Tonnen nicht mehr so weit rollen müsste. Sie wollten Angebote einholen, über die in einer außerordentlichen Versammlung abgestimmt werden sollte. Begeistert war ich nicht von der Idee, bald schon wieder zu so einem Termin zu müssen, denn der eine pro Jahr reichte mir eigentlich. Aber es ging nicht anders, da Herr Weinfried unbedingt vor einer Abstimmung einen Kostenvoranschlag sehen wollte.«

Ich bekam einen Stift und Papier gereicht, zeichnete eine Skizze des Grundstücks und markierte die verschiedenen Standorte. Obwohl ich mir große Mühe gab, stimmten am Ende leider die Proportionen nicht so ganz.

»Das Problem in unserem Haus ist aber, dass zwei Wohnungen vermietet sind. Deshalb werde ich nach jeder Versammlung von Frau Schubert und Herrn Mannes regelrecht abgefangen und zu den neusten Entscheidungen befragt. Mir ist das immer sehr unangenehm, da ich mich ja meistens bei den Abstimmungen enthalte. Eigentlich will ich da einfach nur in Ruhe wohnen.

Frau Schubert war jedenfalls total entsetzt, als sie hörte, dass die Mülltonnen vor ihr Schlafzimmerfenster kommen sollen, weil im Hochsommer der Gestank durch das Fenster ziehen könnte. Und Herr Mannes fand die Idee zwar gut, weil ihn ihr Anblick schon immer gestört hatte – also der Anblick der Tonnen und nicht von Frau Schubert – aber er wollte dort hinten auch keinen Fahrradschuppen haben. Er war dafür, hinterm Haus drei Bäume zu pflanzen, damit man ein bisschen Grün sieht, wenn man auf dem Balkon sitzt.

Ich wusste einfach nicht, was ich dazu sagen sollte. Ich bin ja nur einer von fünf Eigentümern, wenn man das Ehepaar Liebler, das in der Dachwohnung lebt, als einen rechnet. Und meistens enthalte ich mich ja auch bei den Abstimmungen.«

Ich trank einen Schluck Wasser.

»In den folgenden Wochen wurde jedenfalls sehr viel über diesen Beschluss diskutiert. Fast jeden Tag, wenn ich nachmittags müde von der Arbeit heimkam, wurde ich von Frau Schubert im Treppenhaus abgefangen und bearbeitet. Sie lauschte anscheinend hinter der Tür, bis sie meine Pumps auf dem Fliesenboden hörte, und kam dann blitzschnell aus ihrer Wohnung geschossen. Anders kann ich mir das nicht erklären. Da sie bereits ihren Vermieter hatte umstimmen können, versuchte sie nun, einen nach dem anderen die restlichen Eigentümer ebenfalls zu überzeugen.

Ich machte irgendwann leider den Fehler, ihr zu versprechen, gegen die Änderung zu stimmen, wenn sie es schafft, noch zwei der Eigentümer, die im Haus wohnen, auf ihre Seite zu ziehen. Eigentlich wollte ich mich ja enthalten. Aber sie verdrehte mir danach irgendwie die Worte und erzählte Frau Liebler und Herrn Arhorn, dass ich auch dagegen sei. Daraufhin wurde ich vom Ehepaar Liebler um ein Gespräch gebeten und drei Stunden lang in ihrer Wohnung bearbeitet. Dabei gelang es mir leider nicht, die Sache richtigzustellen, da die seltenen Sprechpausen seiner Frau sofort von Herrn Liebler genutzt wurden.

Am folgenden Tag war zum ersten Mal die Polizei da. Eine Nachbarin aus Nummer 21 hatte sie gerufen, weil es schon nach zehn war, als Frau Schubert und Frau Liebler sich noch immer von Balkon zu Balkon anschrien. Mir war das sehr recht, denn ich war müde und wollte schlafen. Wissen Sie, ich stehe immer um sechs Uhr auf, und wenn ich nicht meine acht Stunden Schlaf bekomme, bin ich den ganzen Tag müde und kann mich nur schwer bei der Arbeit konzentrieren. Ich hätte mich niemals getraut, selbst um Ruhe zu bitten oder die Polizei zu rufen.

An den folgenden Tagen nahmen diese Streitereien immer mehr zu. Wenn Herr Mannes mit seiner kräftigen Stimme im Treppenhaus schrie, half es nicht einmal, den Fernseher lauter zu drehen. Ich verstand trotzdem nicht, was in meiner Lieblingsserie gesprochen wurde. Irgendwann fehlten mir so viele Informationen, dass ich der Handlung überhaupt nicht mehr folgen konnte, und mir wurde alles langsam zu viel. Natürlich sind Fahrräder, Mülltonnen und Bäume wichtig. Aber mir war eben meine Ruhe wichtig. Und meine Lieblingsserie. Andere drehen eine Runde auf dem Rad oder öffnen eine Flasche Bier, wenn sie nach Hause kommen, und ich sehe mir eben diese Serie an, um abzuschalten. Ich habe hervorragende Leberwerte, sagt mein Arzt.«

Wieder nahm ich einen Schluck aus dem Wasserglas.

»Das zweite Mal wurde die Polizei von Frau Liebler gerufen, weil Herr Mannes angeblich Herrn Liebler am Kragen gepackt und gegen die Wand gedrückt hatte. Das weiß ich aber nur, weil mir das Frau Schubert am nächsten Tag erzählte, als sie mich im Flur abpasste. Ich selbst hatte nichts davon mitbekommen und nur die lauten Stimmen und die Sirene gehört.

Aber beim nächsten Mal, als die Polizei von Herrn Arhorn gerufen wurde, weil Frau Schubert gegen seine Tür trommelte, war ich zufällig Zeugin. Denn an dem Samstag war ich auf dem 70. Geburtstag meines Onkels gewesen und kam gerade zurück. Ich versuchte, sie zu beruhigen, und legte ihr die Hand auf die Schulter, aber da begann sie, um sich zu schlagen. Ich bekam Angst und flüchtete in meine Wohnung. Ein paar blaue Flecke hatte ich zwar abbekommen, aber ich erstattete lieber keine Anzeige, weil das die

Situation nur noch verschlimmert hätte. Der ständige Lärm zehrte sehr an meinen Nerven.

Wissen Sie, ich habe gerne meine Ruhe. Ich bin nicht so kontaktfreudig wie andere Leute. Ich mache es mir abends gerne gemütlich und ruhe mich aus. Am Wochenende mache ich auch mal einen Spaziergang, wenn es nicht regnet, aber diese vielen Diskussionen war ich nicht gewöhnt. Ich mag es nicht, wenn alle durcheinanderreden und ständig irgendetwas von mir wollen.«

Ich trank den Rest Wasser und bedankte mich fürs Nachschenken.

»Letzte Woche – es war, glaube ich, am Mittwoch – da klingelten abends Herr Liebler und Herr Arhorn an meiner Tür, um mit mir die Sache zu besprechen. Ich bat sie notgedrungen herein, fühlte mich dabei aber unwohl, denn ich hatte nicht aufgeräumt. Auf dem Couchtisch stand noch ein Teller mit den Schalen der Mandarine, die ich gerade gegessen hatte, und ich hatte auch schon seit zwei Tagen nicht mehr Staub gewischt. Ich räumte den Teller weg, bot ihnen ein Wasser an und schämte mich, weil ich keine anderen Getränke dahatte. Ich habe nur sehr selten Gäste und trinke daheim meistens Wasser oder Kamillentee.

Sie erklärten mir noch einmal die ganze Angelegenheit, und ich gab ihnen recht, dass die Eigentümer nicht verpflichtet waren, auf die Wünsche der Mieter einzugehen, wenn deren Vermieter mit den Plänen einverstanden waren. Sie nahmen mir das Versprechen ab, auf der geplanten Versammlung für den neuen Standort der Mülleimer und die Anschaffung des Containers zu stimmen, obwohl ich mich eigentlich am liebsten enthalten hätte.

Am nächsten Tag wurde ich, als ich nachmittags von der Arbeit kam, von Frau Schubert laut beschimpft, aber zum

Glück kam Frau Liebler aus ihrer Wohnung und drohte ihr mit der Polizei. Ich schlüpfte schnell in meine Wohnung und ließ die Damen draußen alleine weiterzetern. Trotzdem konnte ich die ganze Nacht nicht schlafen und hatte so eine komische Vorahnung.«

Ich trank das Glas Wasser in einem Zug aus, denn mein Mund war plötzlich ganz trocken.

»Als ich gestern von der Arbeit nach Hause kam, fand ich einen Brief des Hausverwalters im Briefkasten. Er lud alle Eigentümer und Bewohner des Hauses zu einem klärenden Gespräch in das Hinterzimmer des Gasthauses *Zum Schwan* ein. Es handelte sich dabei also leider noch nicht einmal um die geplante außerordentliche Miteigentümerversammlung, sondern um ein zusätzliches Treffen, bei dem die Mieter ebenfalls dabei sein sollten. Mir war sofort klar, dass das wahrscheinlich wieder ein Fall für die Polizei werden würde, und hätte mich am liebsten gedrückt. Aber ich hatte Herrn Liebler und Herrn Arhorn versprochen, mit ihnen an einem Strang zu ziehen.

Vielleicht wäre alles anders gekommen, wenn in der Küche, wo ich den Briefumschlag in die Altpapierbox im Spülschrank legte, mein Blick nicht zufällig auf den Messerblock gefallen wäre, den mir meine Eltern zu Weihnachten geschenkt hatten. Ich nahm ihn mit ins Treppenhaus, schloss meine Wohnungstür ab, weil es mir zu unsicher war, sie lediglich zuzuziehen, und arbeitete mich von oben nach unten systematisch durch das Haus, indem ich nacheinander an jeder Tür klingelte.

Da ich an dem Tag später dran gewesen war, weil ich noch fürs Wochenende eingekauft hatte, waren alle schon zu Hause. Frau Liebler, die mir die Tür öffnete, rammte ich das Brotmesser an drei verschiedenen Stellen in den Bauch und ließ es beim vierten Mal stecken. Vier ist meine Lieblingszahl, wissen Sie? Weil sowohl zwei mal zwei als auch zwei plus zwei und auch zwei hoch zwei vier ergibt. Das finde ich so drollig. Sie auch?

Sie rief röchelnd nach ihrem Mann, dem ich dann das Spick- und Garniermesser in den Hals rammte, weil mir plötzlich klar war, wie laut man sich doch noch bemerkbar machen kann – mit einem Messer im Bauch.

Bei Herrn Mannes verwendete ich das Kochmesser, das lang genug war, um seinen feisten Hals sicher zu durchdringen und die Luftröhre zu treffen.

Herr Arhorns Hals war schlank. Daher reichte bei ihm das Universalmesser.

Vor Frau Schuberts Tür fiel mir noch rechtzeitig auf, dass es sich bei dem fünften Teil im Messerblock um einen Wetzstahl handelte. Den rammte ich ihr in den Mund, als sie anfing, mich zu beschimpfen, und schlug ihr mit dem Holzblock den Schädel ein.

Ich ging zurück in meine Wohnung und sah mir eine meiner Lieblingsserien an. Es war zum ersten Mal seit Wochen wirklich ruhig im Haus.

Heute Morgen, als ich zur Arbeit gehen wollte, fiel mir beim Anblick der Leichen ein, dass sich mit der Zeit ein unangenehmer Geruch entwickeln wird, der dann in Frau Schuberts Wohnung zieht, weil alle Wohnungstüren offenstehen. Das wäre ihr bestimmt nicht recht gewesen. Deshalb rief ich dieses Mal selbst die Polizei, obwohl mir das eigentlich unangenehm war, denn ich kannte die Beamten ja gar nicht. Aber außer mir hätte es vielleicht so schnell niemand gemacht. Den Rest der Geschichte kennen Sie ja. Ist es im Gefängnis eigentlich sehr laut? Und gibt es dort einen Fernseher?«

Der Verfolger

Antonia plapperte in gewohnter Manier fröhlich weiter, denn sie konnte ihn ja nicht sehen. Aber mir stockte der Atem, als ich zufällig über ihre linke Schulter aus dem Fenster des Restaurants blickte, und gerade noch rechtzeitig aus dem Augenwinkel wahrnahm, wie er die Straße überquerte und direkt auf den Eingang zusteuerte. Da hieß es: Ruhe bewahren!

Ich schaute mich unauffällig im Restaurant um. Es war gut gefüllt. Fast alle Tische waren besetzt, was mir einen kleinen Vorsprung brachte, denn aus Erfahrung wusste ich, dass diese Typen systematisch vorgingen, sich jeden Tisch einzeln vornahmen und meistens an der Tür begannen, damit man ihnen nicht entwischen konnte.

Hinter der Bar befand sich die Tür zur Küche. Aber da Luigi in voller Körperfülle dahinterstand und sicherlich niemanden in Salvatores Heiligtum vorlassen würde, verwarf ich die Idee sofort wieder, mich durch die Küche und den dort meistens vorhandenen Lieferanteneingang zu verdrücken. Außerdem – so schoss es mir plötzlich durch den Kopf – wusste ich gar nicht, ob Antonia mich decken oder verraten würde. Wir waren erst seit wenigen Wochen zusammen. Ich warf ihr einen argwöhnischen Blick zu, der sie aber beim Plappern keineswegs aus dem Konzept brachte. Bei diesen aufgetakelten Bräuten wusste man ja nie, ob sie ihr Maul halten würden. Manche würden wohl ihre eigene Mutter verkaufen, um sich einen läppischen Vorteil zu verschaffen.

Der Typ hatte inzwischen die Tür erreicht und mit energischem Schwung geöffnet. Es war unschwer zu erkennen, was er bei sich hatte. Trotzdem schien es den meisten Gästen gar nicht aufzufallen, was er im Schilde führte. Oder sahen sie nur absichtlich weg? Versuchten sie wie ich, krampfhaft in eine andere Richtung zu blicken? Täuschten sie die angeregten Gespräche nur vor, damit er sie übersah?

Es wurde höchste Zeit zu handeln. Der einzige Fluchtweg, der mir übrigblieb, führte zur Toilette. Ich entschuldigte mich bei Antonia, die mich wütend ansah, weil sie es hasste, mitten in einem Wortschwall unterbrochen zu werden, und bewegte mich, wie ich hoffte, elegant und unauffällig in Richtung Nasszelle.

Nachdem ich die Tür zum Restaurant hinter mir geschlossen hatte, atmete ich erleichtert auf. Aber es galt, keine Zeit zu verschwenden. Ich befand mich in einem winzigen Gang und hatte drei Türen zur Auswahl. Da ich kein Aufsehen erregen wollte, kam die Damentoilette auf keinen Fall infrage.

Ich entschied mich für die dritte Tür, die mit *Kein Zutritt* beschriftet war. Wie erwartet war sie abgeschlossen, aber sie ließ sich relativ einfach mit einem satten Tritt gegen das Türschloss öffnen. Leider führte sie nur in einen winzigen Lagerraum und nicht zu einem Hinterausgang.

So blieb mir nur noch die Herrentoilette. Vorsichtig öffnete ich die Tür, aber es war niemand da. Ich ging zum Fenster. Es befand sich zwar kein Schloss am Griff, aber es ließ sich leider nicht ganz öffnen, sondern nur schrägstellen. Plötzlich hörte ich, wie die Tür zum Restaurant geöffnet und wieder geschlossen wurde. In Windeseile verdrückte ich mich in eine der zwei Kabinen und schloss gerade noch rechtzeitig ab, bevor die Tür zur Herrentoilette geöffnet wurde. Ich hielt den Atem an. Die Schritte klangen eindeutig nach einem Mann. Freund oder Feind? Ich wusste es nicht. Er ging in die

Nachbarkabine und schloss ab. Ich hörte Rascheln und ein eigenartiges Klicken, das ich nicht einordnen konnte. Es folgte ein leiser Fluch. Mir brach der kalte Schweiß aus. Plötzlich wurde nebenan die Kabinentür geöffnet. Schritte erklangen. Er klopfte an meine Tür. Ich wusste nicht, was ich tun sollte.

»Entschuldigung?« Die Stimme klang angenehm, aber das hatte nichts zu sagen. Sollte ich antworten oder weiter schweigen? Bei einer Antwort hätte man meine Stimme erkennen können. Mit einem Schweigen hätte ich mich verdächtig gemacht.

»Entschuldigen Sie bitte die Störung! Gibt es bei Ihnen noch eine Ersatzrolle? In meiner Kabine ist kein Klopapier!«

Erleichtert atmete ich auf. Natürlich konnte das eine Finte sein, aber eine so clevere Ausrede traute ich dem Typen nicht zu. Wahrscheinlich hatte mein Toilettennachbar wirklich nur ein persönliches Geschäft zu erledigen und interessierte sich nicht für mich, sondern lediglich für mein Toilettenaccessoire.

»Aber klar doch!« Zur Sicherheit verstellte ich etwas meine Stimme und reichte ihm die Ersatzrolle über die Tür.

»Merci!« Er ging wieder in seine Kabine, und die kurz darauf zu hörenden Geräusche waren eindeutig genug, um mir ein gewisses Gefühl der Sicherheit zu geben.

Ich betätigte die Spülung, die zum Glück so geräuschvoll war, dass sie meine kläglichen Versuche übertönte, den Sperrriegel des Fensters zu überlisten. Hätte ich mein Taschenmesser dabeigehabt, hätte ich die Schrauben lösen können. Aber ich hatte es beim Umziehen in der anderen Hose gelassen, die sorgfältig zusammengelegt daheim auf dem Chippendalestuhl im Schlafzimmer lag. Da lag sie gut, verdammt!

Ich schlich in die freie Kabine zurück, schloss die Tür ab und überlegte, was zu tun war. Ich saß in der Falle! Ohne seine Hände zu waschen, verließ das Nachbarferkel endlich die Herrentoilette, und ich war zumindest wieder allein. Irgendwie hatte mich der Kerl nervös gemacht. Antonia wunderte sich sicherlich schon und wurde bestimmt von Minute zu Minute genervter. Sollte ich zurück an unseren Tisch? Durch eine frühe Rückkehr könnte ich einen Wutanfall seitens Antonias vermeiden, würde aber riskieren, meinem Kontrahenten in die Arme zu laufen. Eine späte Rückkehr hätte den jeweils gegenteiligen Effekt. Ich entschied mich, das Risiko auf mich zu nehmen und zu warten.

Nach fast endlos erscheinenden zehn Minuten wagte ich mich an unseren Tisch zurück. Antonia tobte! Ihr schrilles Gekreische und das Glas Wein, das sie mir ins Gesicht schüttete, waren aber nichts im Vergleich zu dem Horror, den ich verspürte, als ich ihn erblickte. Ich hatte ihn übersehen. Er war noch immer im Restaurant und wurde durch Antonias Szene natürlich sofort auf uns aufmerksam. Er sah mir direkt in die Augen, und ein zartes, fast unschuldiges Lächeln umspielte seine Lippen, als er auf mich zukam. Aber sein Blick war eiskalt und berechnend, als wollte er sagen: »Du hast verloren!«

Laut sagte er: »Rose für die Dame?« Was blieb mir anderes übrig? Antonia war schon wütend genug. Ein Nein wäre einer Katastrophe gleichgekommen. Mein anfänglicher Verdacht, dass sie mit dem Kerl sofort gemeinsame Sache machen würde, bestätigte sich.

Das Weidenweibchen

Besitzen Sie für diese Quelle eine Betriebserlaubnis?« Erschrocken sah ich mich um und entdeckte neben mir ein etwa sechzig Zentimeter großes Wesen, das ein knöchellanges Kleid aus braunem Sackleinen, eine hellgrüne Schürze und ein hellgrünes Kopftuch trug. Es richtete eine Wünschelrute auf mich und machte ein strenges Gesicht. Hastig wischte ich mir die Tränen aus den Augen, aber das änderte nichts: Das Wesen stand noch immer zwischen mir und dem Weidenbaum am Bachufer. Doch wenn ich mich nicht irrte, veränderte sich sein Gesichtsausdruck. Es erinnerte mich plötzlich ein wenig an meine Großtante. Auch sie hatte so ein rundes Gesicht mit Grübchen in den Wangen gehabt und hatte auch immer genauso gutmütig dreingeblickt, wenn ich als Kind den Puddingtopf ausgekratzt hatte.

Das Wesen ließ die Rute sinken.

»Ach, so! Du weinst ja nur. Entschuldige! Meine Wünschelrute schlug aus. Da dachte ich, es sei wieder eine illegale Flüssigkeit aufgetaucht. Ich mache hier auch nur meinen Job, weißt du?« Es lächelte mich freundlich an.

»Ihren Job?«, fragte ich fast automatisch, denn mein Gehirn war vor lauter Staunen nicht zu komplexen Denkleistungen in der Lage.

»Ja, ich arbeite im Feenreich für das Wasserwirtschaftsamt. Ich überwache alle Gewässer zwischen der Linde am Marktplatz und dem Waldrand. Aufgrund eines albernen Fehlers bin ich zusätzlich für die Kuhweide da drüben zuständig. Dem Feensachbearbeiter war wohl nicht klar, dass Weidenweibchen wie ich in Weidenbäumen und nicht auf

Viehweiden wohnen. Das sind so die kleinen Missverständnisse zwischen Verwaltung und Außendienst. Man kann sich darüber aufregen. Man kann es auch lassen. Ich heiße übrigens Weidenruth. Du darfst mich gerne duzen.«

Sie streckte mir ihre kleine Hand hin, die ich vorsichtig ergriff.

»Ich heiße Luise.« Noch immer war ich nicht in der Lage, einen klaren Gedanken zu fassen.

»Es freut mich, dich kennenzulernen, Luise. Letzte Woche erst hatte ich hier einen ernsthaften Zwischenfall. Der Besitzer der Wiese hinter uns brachte eine riesige Menge Jauche aus, von der die Hälfte in den Bach lief. Deshalb bin ich ein bisschen nervös und gehe lieber auch den kleinen Rutenausschlägen nach. Man will sich ja keine Schlamperei vorwerfen lassen.«

»Und was hast du gegen die Jauche unternommen?«

»Nichts. Wir Weidenweibchen können auch nicht zaubern! Die Menschen glauben immer, die Natur könne sich von selbst regenerieren, aber damit beruhigen sie nur ihr eigenes Gewissen. Mir bleiben jedoch gewisse Sanktionen. Bei dem Landwirt nahm ich mit meinem Weidenschlitten ordentlich Anlauf und fuhr ihm mit Karacho ins Kreuz. Warum ihr Menschen das Hexenschuss nennt, ist mir ein Rätsel, denn die Heckenhexen haben ganz andere Methoden, illegale Abholzung zu bestrafen. Ich hätte ihn auch dort drüben am Bachsteg über einen Weidenstock stolpern lassen können, damit er die Ausbreitung der Jauche im Wasser aus nächster Nähe miterleben kann, aber die besten Ideen hat man immer erst hinterher. Und wie ist das bei dir? Warum leitest du Tränen in den Bach?«

Als sie mein erschrockenes Gesicht sah, beeilte sie sich hinzuzufügen:»Das ist nicht verboten! Keine Angst! Ich frage nur so aus fachlichem Interesse.«

»Ach, ich bin einfach nur sehr traurig.« Ich war mir nicht sicher, ob sich Mitarbeiterinnen des Feenwasserwirtschaftsamts wirklich für meine kleinen Sorgen interessierten.

»Ja, das ist der häufigste Grund für Tränen, dicht gefolgt von Heuschnupfen«, erläuterte Weidenruth fachkundig. »Und warum bist du traurig?«

»Morgen heiratet meine beste Freundin, und ich bin Brautjungfer. Und seit heute habe ich diesen hässlichen Ausschlag am Hals. Der lässt sich nicht einmal wegschminken. Alle werden mich anstarren und mir Tipps geben. Am liebsten möchte ich daheimbleiben, aber ich will meine Freundin nicht enttäuschen.«

»Hm. Hast du es schon einmal mit dem Saft von zerquetschten Weidenblättern probiert?«

»Hilft der gegen Ausschlag?«

»Nein, aber Grün und Rot ergeben zusammen Braun. Ach, ich sehe schon. Bei deiner blassen Haut wäre dir damit auch nicht geholfen. Momentan fällt der Ausschlag eigentlich gar nicht sonderlich auf, finde ich.«

Ich lächelte hoffnungsvoll.»Ist er blasser geworden?«

»Das nun nicht gerade, aber die verquollenen Augen und die rote Nase lenken vom Hals ab. Das ist wie mit meiner Warze im Mundwinkel. Sie bewegt sich, wenn ich spreche. Auf die Krähenfüße an meinen Augen achtet dann niemand mehr. Oder sind die dir als Erstes an mir aufgefallen?«

Das konnte ich wahrheitsgemäß verneinen. Plötzlich bekam ich einen Schreck.»Es tut mir sehr leid, dass ich hier einfach so neben deinem Baum sitze. Ich wusste nicht, dass du hier wohnst.«

»Ach, das macht nichts!« Weidenruth machte eine wegwerfende Handbewegung. »Viel schlimmer sind die Hunde, die ständig gegen den Stamm pinkeln. Du kannst dir bestimmt denken, wie das hier im Hochsommer müffelt. Zum Glück hat es vorgestern ordentlich geregnet, denn genau da, wo du jetzt sitzt, hat vor drei Tagen ein Bernhardiner ... Aber lassen wir das. Ich bin ja selbst schuld, wenn ich mir eine Wohnung in der Nähe eines Parkplatzes suche. Die meisten Hundebesitzer sind doch viel zu faul, um mit ihren Tieren eine große Runde zu drehen. Die lassen sie hier alle nur kurz aus ihren pferdelosen Wagen und fahren anschließend wieder heim.«

»Wo ist denn dein Hauseingang?«, fragte ich neugierig. »Ich kann ihn gar nicht sehen.«

»Du kannst mich normalerweise auch nicht sehen. Wenn ich mich unsichtbar mache, kann ich einfach so in die Weide hineingehen. Dazu brauche ich keinen Eingang ... Warte, ich zeige es dir.« Schwupps, war sie verschwunden.

Nach einer Weile stand sie plötzlich wieder neben mir, war aber nur noch halb so groß. »Hast du es gesehen? Es ist ganz leicht!«

»Ehrlich gesagt ... habe ich gar nichts gesehen«, stammelte ich verwirrt. »Was ist denn mit dir passiert? Warum bist du ... so klein?«

»Ach! Stimmt ja!« Das Weidenweibchen schlug sich mit der Hand an die Stirn und lachte schallend. »Wenn ich unsichtbar bin, kannst du mich natürlich nicht sehen. Deshalb machen wir das ja. Wie konnte ich nur vergessen, dass du ein Mensch bist? Na, so was! Wie groß war ich denn vorhin?«

»Na, in etwa so.« Ich zeigte mit der Hand die geschätzte Größe.

»Stimmt. Augenblick!« Sie wuchs vor meinen Augen ein beträchtliches Stück. »Als Weidenweibchen muss man mit der Zeit gehen. Früher reichte Eichhörnchengröße, um bemerkt zu werden. Aber heutzutage blicken die Menschen ständig auf ihre Knopfschachtel und trommeln wie wild mit ihren Daumen darauf herum, wenn sie nicht gerade lautstark auf sie einreden. Oder sie rasen auf ihren Zweirädern herum und achten gar nicht mehr darauf, ob ein Ast, eine Blindschleiche, ein Salamander oder ein fauler Buchenbursche auf dem Weg liegt.« Sie redete sich in Rage, und die Warze in ihrem Mundwinkel hüpfte wie eine Wüstenspringmaus. »Sie fahren wie mit ihren pferdelosen Wagen einfach drauflos, und man muss sich schleunigst in Sicherheit bringen. Als sich dann plötzlich auch noch die Wanderer mit spitzen Stöcken bewaffneten, mit denen sie wild auf alles zielten, was sich links und rechts von ihnen gerade erst vor ihren Tritten in Sicherheit gebracht hatte, entschied ich mich aus Sicherheitsgründen für doppelte Hasengröße.«

Ich fragte mich, ob die Warze tatsächlich soeben die Krähenfüße berührt hatte. Vielleicht war es aber auch nur eine Sinnestäuschung gewesen. Mir wurde schwindlig, und ich konnte mich nur schwer konzentrieren.

Weidenruth schien es nicht zu bemerken und fuhr fort: »Aber meistens bleibe ich unsichtbar, denn man wird ja doch nur ignoriert. Die Menschen werfen sich so viele merkwürdige Sachen ein, dass sie mich für eine Halluzination halten, lauthals lachen und gar nicht erst zuhören. Du bist anders. Deshalb werde ich dich zu einem Tannentantchen führen. Sie wohnt da drüben in der großen Tanne und kümmert sich um die Heu- und Streuobstwiesen hier in der Gegend. Vielleicht kennt sie ja eine Pflanze, die dir hilft.«

Ich folgte ihr über den kleinen Steg auf die andere Seite des Bachs. Wir gingen ein Stückchen den Feldweg entlang und überquerten dann eine große Wiese, an deren anderem Ende drei große Tannen standen. Schon von Weitem sah ich dort auf einem der unteren Äste ein kleines, verhutzeltes Großmütterchen sitzen, das sich wohl ebenfalls für die doppelte Hasengröße entschieden hatte und meiner Begleiterin fröhlich zuwinkte. Es trug ein dunkelgrünes Kleid, eine braune Schürze und ein braunes Kopftuch und sprang, als wir bei ihm angekommen waren, erstaunlich geschmeidig auf den Boden.

»Das ist Luise, und das ist Tannemarie«, stellte uns meine Begleiterin einander vor. Wir gaben uns die Hand und setzten uns alle ins Gras.

»Luise ist sehr traurig, weil sie einen roten Ausschlag am Hals hat«, erläuterte Weidenruth die Sachlage. Darüber war ich sehr froh, denn der dicke Kloß, den ich bei dem Gedanken an mein Problem im Hals bekam, hinderte mich am Sprechen.

»So kann man sich irren!« Das Tannentantchen wackelte überrascht mit dem Kopf. »Ich dachte, sie sei wegen ihrer roten Nase unglücklich. Unter der fällt der rote Hals gar nicht auf.«

»Siehst du!«, wandte sich Weidenruth an mich. »Das habe ich dir doch auch gesagt. Hör einfach mit dem Weinen auf. Dann verschwinden auch die Schwellungen an deinen Augen, und alles ist in Ordnung.«

»Ach, du hast normalerweise gar keine Glupschaugen?«, fragte Tannemarie neugierig.

»Nein.« So langsam gingen mir die beiden ein klein wenig auf die Nerven, aber bei dem Gedanken schämte ich mich sofort. Sie meinten es sicherlich nur gut mit mir.

»Ich glaube, sie sieht eigentlich ganz nett aus, wenn sie nicht gerade weint.« Das Tannentantchen betrachtete eingehend mein Gesicht. »Meinst du, du könntest dir über Nacht einen Bart wachsen lassen? Der könnte dann deinen Hals verdecken. Aber auch wenn es in der kurzen Zeit nur zu einem Oberlippenflaum reicht, könnte der herrlich von dem Problem ablenken. Seit ich mir meinen nicht mehr abrasiere, achtet kaum noch einer auf meine schiefen Zähne.«

»Das ist wie mit meiner Warze«, bestätigte Weidenruth und nickte energisch mit dem Kopf.

»Genau, Ruthchen! Alle achten nur noch auf deine Warze und bemerken gar nicht mehr, dass deine Nase schief ist.« Tannemarie nickte ebenfalls mit dem Kopf, und ich fragte mich, ob Synchronnicken wohl eine olympische Disziplin im Feenreich war.

»Meine Nase ist schief?«, rief ihre Freundin ganz schockiert und kam aus dem Takt.

»Ach, nein, ich meinte dein schielendes Auge. Entschuldige. Das habe ich verwechselt.«

Bevor sich das Gespräch in eine merkwürdige Richtung entwickeln konnte, wagte ich einen Vorstoß: »Gibt es vielleicht irgendeine Pflanze, die gegen Ausschlag hilft?«

»Hast du es mal mit einem Tee aus Tannennadeln, Baumrinde und Kuhfladen versucht?«

Ich schüttelte mich bei dem Gedanken. »Nein. Hilft der?«

»Nein. Aber er schmeckt so furchtbar, dass dir hinterher der Ausschlag egal sein wird.«

Weidenruth schüttelte zweifelnd den Kopf. »Ich glaube, das ist nicht das, was wir suchen. Gibt es denn hier auf deinen Wiesen nicht irgendwelche Heilkräuter?«

»Sicherlich. Aber ich kenne mich damit nicht aus. Meine Pflicht ist es, kleine Tunichtgute vom Zündeln im trockenen

Gras abzuhalten. Das ist keine leichte Aufgabe! In letzter Zeit versuche ich es erst gar nicht mehr mit vernünftigen Argumenten und drohe ihnen gleich damit, sie zu erwürgen und dann ihr Herz aufzuessen. Momentan funktioniert es noch, aber die Kinder werden immer abgebrühter. Bald gehen mir die Ideen aus. Gewaltfantasien liegen mir eigentlich gar nicht.«

»Hast du denn keine Angst, dass sie ihre Eltern holen, die hier dann das Unterste zuoberst kehren, um dich zu finden?«, fragte das Weidenweibchen besorgt.

»I wo! Das ist der Vorteil der heutigen Zeit. Wenn ein Kind von Tannentantchen und deren Morddrohungen erzählt, dann glaubt man ihm nicht mehr wie früher, sondern lässt ihm irgendwelche Pillen verschreiben. Meine Methode ist völlig gefahrlos für uns Feen.«

Plötzlich fuhr Weidenruth herum und streckte ihre Wünschelrute in Richtung ihrer Weide aus.

»Ist was?«, fragte ich.

»Falscher Alarm«, flüsterte sie grimmig. »Wir müssen uns jetzt unsichtbar machen, denn da kommt einer mit seinem Hund. Tut mir echt leid, dass wir dir nicht helfen konnten.«

»Ja, mir auch!«, pflichtete ihr Tannemarie bei. Beide winkten mir kurz zum Abschied zu und machten sich unsichtbar.

Deshalb kam ich mir ein wenig komisch vor, als ich so ins Leere »Vielen Dank für alles!« sagte. Ich hoffte, dass sie das trotzdem gehört hatten, ließ das Winken aber lieber sein, da man mich vom Weg aus gut sehen konnte, und ging nach Hause.

Nachts lag ich noch lange wach und dachte über das Erlebte nach. Hatte ich wirklich zwei Feen getroffen? Oder hatte ich mir das nur eingebildet? War ich dort am Bachufer eingeschlafen? Aber wie war ich dann plötzlich zu den drei Tannen gekommen? Am nächsten Morgen sah ich reichlich fertig aus, und ich musste bei dem Gedanken lachen, dass mein übermüdetes Gesicht sicherlich wunderbar von dem Ausschlag am Hals ablenkte. Die beiden Feen wären sicherlich begeistert gewesen. Aber halt! Wirkte der nicht schon ein ganzes Stück blasser? Ich schöpfte mir ordentlich kaltes Wasser ins Gesicht und sah danach gleich viel frischer aus.

Übermütig malte ich mir beim Schminken mit dem Kajalstift einen Schönheitsfleck auf die Wange und sagte laut zu meinem Spiegelbild: »Wenn der nicht ablenkt, was dann?«

Er bewegte sich beim Sprechen wie Weidenruths Warze. Ich musste plötzlich an Tannemaries Oberlippenflaum denken, blickte auf den Kajalstift in meiner Hand und kämpfte erfolgreich gegen die Versuchung an.

»Wir wollen mal nicht übertreiben!«

Wieder tanzte der Schönheitsfleck.

Und grinsend machte ich mich auf den Weg zur Hochzeit meiner besten Freundin.

Berge gibt es überall

Es begann mit einem dieser vielen gelben Notizzettel, die mir Tobias rund um die kleine Pinnwand klebte, wenn er etwas brauchte. Er war damals beruflich sehr eingespannt und arbeitete bis in die Nacht, wofür ich natürlich sehr viel Verständnis hatte. Aber so langsam belastete es unser Privatleben. Neben »Bitte Anzüge in die Reinigung bringen« und »Bitte Thomas anrufen wegen Samstag« fand ich an einem nebligen Dezembertag die kryptische Nachricht »Idee!!! Weihnachten in Bergen. Bitte Zimmer buchen.«

Den Vorschlag, über die Feiertage in die Berge zu fahren, fand ich gar nicht schlecht. Und so setzte ich mich am Abend an den Computer und suchte nach einem hübschen Plätzchen für uns. Das war so kurzfristig natürlich ein Ding der Unmöglichkeit! Es gab zwar viele Last-Minute-Angebote, aber bei denen war auf den ersten Blick klar, warum sie noch zu haben waren. Ich klickte lustlos herum und war frustriert.

Das sah man mir auch am folgenden Morgen noch an, und meine Kollegin Anne fragte mich, was denn los sei. Ich klagte ihr mein Leid.

»Mensch! Du hast Glück! Meine Schwester ist hochschwanger!«

»Herzlichen Glückwunsch! Aber warum habe ich dann Glück? Ich bin nicht schwanger. Zum Glück.«

»Scherzkeks! Mein Schwager hat ein Ferienhaus im Schwarzwald geerbt. Und da sie voraussichtlich Ende Dezember ihr drittes Kind bekommt, bleiben sie über Weihnachten lieber zu Hause. Da hat sie es nicht weit zur Klinik. Glatte Straßen mit Schneewehen findet man mit Geburtswehen eher weniger romantisch, und hier kümmert sich unsere Mutter um Moritz und Marie. Ich kann ihn fragen, ob er euch das Haus vermietet. Wenn ich ihm erzähle, wie pingelig-peinlich-pedantisch sauber dein Schreibtisch ist, sagt er bestimmt Ja. Das Geld können sie sicher gut gebrauchen.«

»Mensch! Das ist die Idee! Aber hat es dort auch wirklich Schnee?«

»Ach, ein bisschen sicher. Oder wollt ihr Ski fahren?«

»Nein. Nur ein bisschen Hüttenzauber.«

Sie lächelte mich verschwörerisch an. »Das Häuschen hat einen offenen Kamin!«

»Na, dann ist ja für Romantik gesorgt. Das wird meinem Hobbypyromanen bestimmt gefallen, wenn er im Feuer stochern darf.«

Tobias kam am 23. Dezember nachmittags von seiner Dienstreise zurück, und wir fuhren sofort los. Ich hatte alles fix und fertig gepackt und in einem Blumengeschäft sogar ein kleines, geschmücktes Bäumchen besorgt. Im allerletzten Augenblick war mir noch eingefallen, dass mir Tobias eine Tüte mit Geschenken bereitgestellt hatte. Beinahe hätte ich also nichts zu Weihnachten bekommen, was auch nicht schlimm gewesen wäre. Aber ich hätte ihm nicht einmal die Schuld geben können!

»Du fährst ja nach Süden!«, bemerkte er unterwegs verwundert. »Fliegen wir vom Baden-Airport ab?«

»Nein. Wir fahren in den Schwarzwald. Da hat es auch Berge. Es müssen nicht immer die Alpen sein. Wir haben ein Häuschen ganz für uns und Schnee und einen offenen Kamin.«

»Ah? Okay.« Tobias schlief ein.

Das Ferienhaus war ein Traum! Es lag am Rand einer kleinen Siedlung mit Blick ins Tal. Wir packten aus, richteten uns ein, aßen ein schnelles Abendbrot und fielen schon um neun wie tot ins Bett.

Am anderen Morgen deckte ich den Tisch am Kamin, während Tobias voller Begeisterung und nach einem ausgeklügelten System vorgehend Feuer machte.

Als wir so gemütlich frühstückten, lächelte er mich an und sagte: »Deine Idee war viel besser als meine. Wir haben hier alles, was wir benötigen. Draußen schneit es, und die Anfahrt war ein Witz. Ein verlängertes Faulenzerwochenende ist genau das, was ich jetzt brauche.«

»Ja, es ist wunderschön hier. Nachher kaufe ich für Anne eine Kleinigkeit als Dankeschön. Aber eigentlich war das doch deine Idee?«

»Meine? Nö. Wie kommst du denn darauf?«

»Du wolltest Weihnachten in den Bergen feiern.« Ich war verwirrt.

Er verschluckte sich beinahe an seinem Müsli vor Lachen. »Ich wollte über Weihnachten nach *Bergen* fliegen. In die Stadt *Bergen* in Norwegen. Dort gibt es eine wunderschöne Altstadt mit einer Gasse, in der es fast ausschließlich Läden mit Christbaumschmuck gibt. Ein Kollege hatte mir davon vorgeschwärmt. Und ich dachte, wir geben uns mal die volle Kitschdröhnung. Du lästerst doch so gerne! Aber das wäre auch stressig geworden. Deine Idee war viel besser.«

Tea for two

Vanessas Hände zitterten, als sie die Zutaten zusammensuchte. Seit Michael ihre Einladung zum Nachmittagstee angenommen hatte, war sie das reinste Nervenbündel. Aber nun konnte sie sich keinen Rückzieher mehr erlauben. Eigentlich bestand auch überhaupt kein Grund, sich seinetwegen verrückt zu machen. Schließlich kannten sie sich seit ihrer Kindheit, als sie jeden Sommer die Ferien bei ihrer Großmutter in der Lüneburger Heide zusammen verbracht hatten.

Aber das lag bereits Jahrzehnte zurück. Sie hatten sich zwischenzeitlich sogar für mehrere Jahre aus den Augen verloren, obwohl ihre Mütter Schwestern waren und viel auf die Familie gaben. Vielleicht waren es jedoch gerade diese engen Familienbande gewesen, die Vanessa nach ihrem Studium so sattgehabt hatte.

Als sie alle Packungen und Dosen auf die Arbeitsplatte gestellt hatte, las sie noch einmal halblaut die Zutaten aus dem Rezept ihrer Großmutter vor: »Mehl, Zucker, gemahlene Mandeln, Butter, Kakao, Eigelb.«

Sie hatte zusätzlich Mandelnougat und Zartbitterkuvertüre gekauft, um die Schokoladenplätzchen anschließend zu verzieren. Diese Ergänzung hatte Michael damals selbst erfunden, und sie wollte ihm damit zeigen, dass sie die gemeinsame Zeit nicht vergessen hatte. Speziell für ihn tauschte sie auch ein Drittel der Butter gegen Erdnussbutter aus, obwohl sie sich sicher war, dass die Plätzchen ohne diese Geschmacksnote besser schmecken würden.

Während sie die Zutaten zu einem Mürbteig verknetete, daraus Rollen formte und diese in Scheiben schnitt, dachte sie an die Ereignisse der vergangenen Monate zurück und wurde traurig. Diese ständigen Streitereien belasteten sie sehr. Vielleicht war es doch keine gute Idee gewesen, dass Tante Ilse nach dem Tod ihres Mannes ihre Nichte und ihren Neffen mit der Leitung des Unternehmens betraut hatte.

Zuerst war alles gut gegangen. Vanessa hatte sich um den betriebswirtschaftlichen Bereich und die Produktion gekümmert, und Michael hatte Produktdesign und Marketing betreut. Doch dann war es immer häufiger zu Überschneidungen gekommen. Er hatte ständig neue Produkte einführen und die Verpackungen komplett umgestalten wollen, und sie hatte sich beschwert, dass das Marketing nicht zu den Produkten und der Firmentradition passe.

Als er am vergangenen Montag die neue Werbekampagne vorgestellt hatte, die hauptsächlich auf spärlich bekleideten Damen basieren sollte, hatte sie ihn im Beisein seiner Mitarbeiter angeschrien und mit Türen geknallt. So konnte es natürlich nicht weitergehen. Deshalb hatte sie ihn am Donnerstag zu einem gemütlichen Sonntagnachmittagstee eingeladen, um endlich eine vernünftige Lösung zu finden.

Und nun stand sie hier mit den Händen im Teig und ließ ihre ganze Wut und Verzweiflung an der dunkelbraunen Schokopampe aus. Doch mit der Zeit beruhigte sie sich, die wilden Hassgefühle verschwanden und machten für eine andere Stimmungslage Platz. Sie konnte ihre Empfindungen selbst nicht einordnen. Längst verdrängte Erinnerungen kamen plötzlich wieder hoch. Er hatte sie bei einem Indianerspiel an den Kirschbaum gebunden und damit gedroht, sie dort den Rest der Ferien vergammeln zu lassen. Vanessa musste lächeln.

Damals hatte sie ihn, den um drei Jahre Älteren, sehr ernst genommen und sich unterlegen gefühlt. Nun, mit zweiundvierzig Jahren, sah sie das viel entspannter und empfand mehr Gelassenheit gegenüber dem großspurigen Gehabe, das er manchmal in Gegenwart von Mitarbeitern an den Tag legte.

Unter vier Augen war er hingegen ganz anders, hörte ihr geduldig zu, fiel ihr nie ins Wort und erzählte auch hin und wieder einmal ein bisschen von sich. Manchmal war er geradezu zuvorkommend und brachte ihr etwas aus der Kantine, wenn sie vor lauter Arbeit mal wieder nicht zum Essen kam.

Gerade dieses Wechselbad der Gefühle verunsicherte sie so. Eigentlich war er ein sympathischer, gutaussehender Mann und durchaus ihr Typ. Seine dunklen Haare, die blauen Augen und das markante Kinn machten auf jede Frau einen bleibenden Eindruck. Aber manchmal hatte sie das dringende Verlangen, ihn eigenhändig zu erwürgen.

»Ihr solltet heiraten!«, hatte ihre Mutter lachend gerufen, als Vanessa ihr von ihren Problemen mit Michael erzählt hatte.

Aber so eine alberne Lösung konnte auch nur ihr einfallen. Wahrscheinlich hatten die Mütter diesbezüglich schon heimlich Pläne geschmiedet, und es war beschlossene Sache für sie. Vanessa schüttelte den Kopf, als sie die Plätzchen in den Ofen schob und den Küchenwecker startete.

Sie ging ins Esszimmer und nahm das Teeservice ihrer Großmutter aus der Vitrine. Alles sollte so sein wie damals. Sie wollte für einen kurzen Moment die Zeit zurückdrehen, um einen Weg aus diesem Dauerkriegszustand zu finden.

Das Geschirr war etwas staubig. Da es nicht spülmaschinenfest war, wurde es sonst nie benutzt. Vanessa wusch es ab und stellte die Stücke, die sie nicht brauchte, zurück in den Schrank. Den Tisch deckte sie mit einer weißen Damasttischdecke, passenden Stoffservietten, dem feinen Service und einem Strauß Vergissmeinnicht, der so wunderbar altmodisch war und bestens zu den blauen Blümchen auf dem Porzellan passte.

Der Garten ihrer Großmutter war voll davon gewesen. Die Vögel hatten die Samen überallhin verteilt, und die alte Dame hatte es nicht übers Herz gebracht, ihre Lieblingsblumen herauszureißen, so dass sie sogar im Gemüsebeet anzutreffen waren.

Der Küchenwecker klingelte, und Vanessa nahm die Bleche aus dem Ofen. Sie schnitt den Mandelnougat in kleine, dünne Stückchen, die sie zwischen je zwei der noch warmen Plätzchen legte. Natürlich ging das zu Anfang schief, denn das Gebäck war noch zu heiß, und der Nougat schmolz zu stark. Die letzten Plätzchen waren hingegen zu kalt, und ließen sich nicht mehr zusammenkleben. Ein paar zerbrachen sogar bei dem Versuch, sie mit Gewalt zusammenzudrücken.

»Du und deine dämlichen Ideen!«, fluchte Vanessa. »Du konntest dich noch nie mit dem Altbewährten zufriedengeben und musstest dir immer unbedingt eine ganz tolle, aber nur schwer realisierbare Verbesserung ausdenken!«

Aber einige Doppeldeckerkekse gelangen und wurden mit einem Ende in die geschmolzene Kuvertüre getaucht und zum Abkühlen auf Backpapier gelegt.

Es waren noch vier Stunden Zeit bis zum Tee, und Vanessa hätte eigentlich mal langsam ein Mittagessen einnehmen müssen, da sie bereits beim Frühstück vor Aufregung keinen Bissen herunterbekommen hatte. Aber sie hatte keinen Appetit. Eine gewisse Rastlosigkeit ergriff von ihr Besitz, und sie beschloss, sich durch einen flotten Spaziergang abzureagieren.

Nachdem sie zwei Nordic Walker überholt hatte, fühlte sie sich besser und marschierte mit energischen Schritten durch den sommerlichen Wald. Als sie nach ihrer Rückkehr auf die Uhr sah, war es zehn nach zwei. Sie hatte zwar noch fast zwei Stunden Zeit, aber die brauchte sie auch für das umfangreiche Beautyprogramm, das sie sich für diesen speziellen Anlass ausgedacht hatte. Sie wollte ihm in voller Pracht und Schönheit gegenübertreten, um endlich einmal genügend Selbstbewusstsein auszustrahlen. Die Zeit verging wie im Flug mit Baden, Eincremen, Frisieren, Schminken und Anziehen. Als es klingelte, blieb sie auf dem Weg zur Tür kurz vor dem Flurspiegel stehen und lächelte sich siegessicher zu.

Er brachte weiße Rosen mit – ihre Lieblingsblumen. Also hatte auch er ihre kleinen Vorlieben nicht vergessen. Sie stellte sie in einer Vase auf den Wohnzimmertisch, da sie sie auf dem Esstisch nicht ständig im Blickfeld haben wollte, und ging in die Küche, um den Tee aufzubrühen.

Michael sah sich währenddessen im Wohnzimmer um und betrachtete gedankenverloren die Bücher, die in alphabetischer Reihenfolge der Autorennachnamen im Regal standen. Gerade noch rechtzeitig fiel ihm ein, dass er besser keines davon herausziehen sollte, da sie es hasste, wenn jemand ohne zu fragen ihre Dinge anfasste. Ein feines Lächeln umspielte seine Lippen.

Vanessa brachte den Tee, und sie setzten sich an den Tisch. Mit einem spitzbübischen Grinsen und einer flinken Bewegung schnappte sich Michael eines der Doppelplätzchen und steckte es ganz in den Mund.

Vanessa beobachtete ihn lächelnd, und als hätte sie es geahnt, musste er ein bisschen husten. Obwohl er es schaffte, den Mund dabei geschlossen zu halten, und daher keine Krümel durch die Luft schickte, war ihm das natürlich etwas peinlich. Aber er überspielte es, indem er sich etwas gesitteter ein zweites Plätzchen nahm und die Hälfte abbiss.

Der Hustenreiz blieb aber leider und wurde eher noch stärker. Er nahm einen großen Schluck Tee und verbrühte sich damit den Mund. Vanessa zwang sich, auf ihren leeren Teller zu blicken, aber der Vorgang war zu grotesk, und die Neugier siegte. Sie beobachtete vollkommen ruhig, wie Michael abwechselnd hustete und nach Luft schnappte und dabei seine Augen immer weiter aufriss. Seine Lippen formten die Worte »Hilf mir!«, aber kein Ton kam über seine Lippen – abgesehen vom Husten und Keuchen.

Gerade noch rechtzeitig hielt Vanessa mit beiden Händen das Tischtuch fest, sonst hätte er es mit sich gerissen, als er vom Stuhl fiel und sich röchelnd auf dem Boden wand. Erst als sie sich vollkommen sicher war, dass er sich nicht mehr daran festkrallen konnte, ließ sie los, stand auf und ging um den Tisch herum.

Sie war erstaunt, wie lange es doch dauerte, bis ein Erdnussallergiker verstarb. Als sein Blick starr wurde, fühlte sie seinen Puls, aber da sie vor Aufregung zitterte, war sie sich nicht sicher und setzte sich lieber erst noch einmal eine Weile an ihren Platz.

Vanessa nahm sich eines der Plätzchen und biss genüsslich hinein. Plötzlich verspürte sie großen Hunger. Aber obwohl der Kakao dem Gebäck einen kräftigen Schokoladen-geschmack verlieh, der durch den zarten Mandelnougat ab-gerundet und von der Zartbitterkuvertüre unterstrichen wurde, störte sie der leichte Beigeschmack nach Erdnuss.

Sie ging in die Küche, machte sich Rührei mit Schinken und aß das einfache Gericht mit großem Appetit. Danach fühlte sie bei Michael noch einmal den Puls. Und da sie sicher war, dass keiner mehr vorhanden war, wählte sie die Notrufnummer.

Das Haus am Fjord

Wahrscheinlich hing das Verhängnis bereits in der Luft, als ich auf dem Rückweg vom Briefkasten mit dem Fuß umknickte. Markus hatte sich am Vortag den Magen verdorben und lag im Bett. Da es ihm aber inzwischen besser ging, hatte ich ihn in dem kleinen Ferienhaus alleingelassen, um die Urlaubskarten einzuwerfen und dabei auch gleich ein bisschen frische Luft zu schnappen. Eine kleine Blindschleiche lag mitten auf dem Weg. Fast hätte ich sie totgetreten. Doch im allerletzten Moment entdeckte ich sie und machte schnell einen großen Schritt. Und dabei passierte es: Statt auf die Blindschleiche trat ich auf einen Schotterstein und verstauchte mir den Knöchel. Es tat höllisch weh!

»Du dummes Vieh! Musst du dich ausgerechnet hier sonnen?« Vorsichtig stupste ich das Tier etwas an, und es schlängelte sich elegant in Richtung Wegrand, wo es entschieden sicherer war für Lebewesen mit einer Schwäche für Tarnfarben.

Langsam ließ der Schmerz nach und ich konnte wieder vorsichtig auftreten. Da die kleine Ferienhaussiedlung direkt vor meiner Nase lag, humpelte ich die letzten hundert Meter zum Haus, obwohl sie mir wie dreihundert vorkamen. Ich hätte natürlich Markus anrufen und mich mit dem Auto abholen lassen können, aber das erschien mir dann doch zu viel Aufhebens. Nach einer gefühlten Ewigkeit erreichte ich glücklich das Haus. Mein Knöchel war schon dick geschwollen, und ich beschloss, mich auf den Steg zu setzen und die Füße ins Wasser baumeln zu lassen, um den Knöchel zu kühlen.

Nach einer Weile wurde mir langweilig. Ich ging die Stufen zum Haus hoch, um mir mein Buch zu holen, das ich auf der Terrasse liegengelassen hatte, aber es war nicht mehr dort. »Markus hat wohl aufgeräumt«, dachte ich schmunzelnd. »Da scheint es ihm ja bereits wieder richtig gut zu gehen.«

Gerade als ich die Terrassentür öffnen wollte, hörte ich eine weibliche Stimme aus dem Wohnzimmer. Sie sagte leise etwas auf Norwegisch, und eine Männerstimme lachte ebenso leise. Wäre es in der Mittagszeit nicht so erstaunlich ruhig gewesen, hätte ich es vielleicht gar nicht mehr rechtzeitig gehört. Aber so konnte ich mich schnell zwischen den weißen Gartenmöbeln unter ein Fenster ducken, um nicht gesehen zu werden. Was sollte ich tun? Wer war das? Und was wollten sie in unserem Ferienhaus? Ich war vor Panik wie blockiert und konnte im ersten Moment kaum klar denken.

Waren das Einbrecher? Wie lautete in Norwegen eigentlich die Notrufnummer? Kämpfen oder fliehen? Flucht erschien mir die naheliegende Lösung zu sein, aber wahrscheinlich lag Markus oben im Bett und schlief den Schlaf des Gerechten – und Ausgeraubten. Hilfe suchend blickte ich mich um. Die anderen Ferienhäuschen lagen friedlich am Fjord und schienen sich behaglich zu sonnen. Die Bewohner taten wohl dasselbe hinten am Strand.

Aber halt! Im Nachbarhaus regte sich etwas! Vielleicht konnte ich ja dort Hilfe holen! Die Terrassentür wurde geöffnet, und heraus trat – Markus. Er hatte ein Buch und eine Tasse Tee in der Hand und setzte sich in einen Liegestuhl. Beschämt schlich ich mich davon und ging zu ihm. Warum sahen diese Ferienhäuser eigentlich alle gleich aus?

Die Verfolgung

Es ging rasend schnell. Bis ich überhaupt merkte, was los war, hatte sie sich meine Handtasche geschnappt und war weg. Wut stieg in mir hoch. Da passte man nur einmal für einen kleinen Moment nicht auf, und das hatte man nun davon!

Ich lief los und hielt nach ihr Ausschau. Und richtig! Etwa hundert Meter vor mir konnte ich sie zwischen anderen Fußgängern erkennen. Zum Glück war ihre pinkfarbene Wollmütze unverwechselbar. Mühsam schlängelte ich mich zwischen den Passanten durch, die mir immer und überall absichtlich im Weg zu sein schienen. Trotzdem verringerte sich der Abstand zwischen ihr und mir nur sehr langsam, denn sie war erstaunlich fix für ihr Alter. Deshalb schaffte sie es spielend, unbehelligt die Fußgängerzone zu erreichen, wo noch mehr los war, denn viele wollten anscheinend nach Feierabend schnell noch ein paar Weihnachtseinkäufe erledigen.

Kurzzeitig verlor ich sie aus den Augen und geriet in Panik, aber dann sah ich wieder etwas Pinkfarbenes aufblitzen, als sie mit einer schwergängigen Schwingtür kämpfte. Ich rannte über die Straße und verfehlte einen Radfahrer, der verbotenerweise eine Abkürzung durch die Fußgängerzone nahm, nur um Haaresbreite. Wütend schickte er mir einen wenig schmeichelhaften Ausdruck hinterher, wurde postwendend aber selbst Objekt wütender Beschimpfungen durch die zu Fuß gehende Mehrheit.

Ich hatte andere Sorgen. Auf den Sonderverkaufsflächen im Erdgeschoss herrschte Hochbetrieb. Es war ein einziges Knäuel aus Wühltischen, Drehständern, Armen, Körpern und Köpfen, von denen aber keiner eine pinkfarbene Mütze trug. Die sah ich erst wieder, als ich in Richtung Rolltreppen blickte.

Sie entschwebte gerade in den ersten Stock, und ich beeilte mich, es ihr gleichzutun. An Überholen war bei dem dichten Gewühl nicht zu denken, aber ich achtete darauf, ob sie weiter in den zweiten Stock fuhr. Sie blieb im ersten, wo sich die Damenabteilung befand, und ich hatte so eine vage Ahnung, wo ich sie finden konnte.

Endlich war ich auch oben und schaute mich um. Leider war sie recht klein. Zwischen all den Frauen in hochhackigen Schuhen verschwand die hundertfünfundfünfzig Zentimeter über dem Boden getragene Wollmütze sofort wieder zwischen all den Schultern in dicken Wintermänteln. Ich streifte kreuz und quer durch die Damenabteilung und überlegte schon, ob sie mir nicht vielleicht in den zweiten Stock in die Schuhabteilung entwischt war.

Doch plötzlich sah ich sie bei den Umkleidekabinen. Sie hatte den ganzen Arm voll mit Pullovern, und eine Verkäuferin redete auf sie ein. Ich näherte mich vorsichtig und überlegte fieberhaft, wie ich die Sache anpacken sollte. Sie hatte meine Tasche. So weit – so gut. Aber sie würde sicherlich behaupten, dass es ihre sei, und womöglich laut um Hilfe rufen. Wem glaubt man eher: Einer freundlich dreinblickenden älteren Dame oder einer Frau in Jeans und abgewetzter Jacke, die einen ebenso aufgelösten Eindruck machte wie ihre Frisur?

Ich zwang mich zur Ruhe, stellte mich neben einen Ständer mit karierten Blusen in Fehlfarben und beobachtete sie und die Verkäuferin aus etwa sechs Metern Entfernung. Sie schienen zu streiten. Die Verkäuferin redete auf sie ein. Wahrscheinlich durfte man dort nicht so viele Kleidungsstücke auf einmal in der Umkleidekabine anprobieren. Die Verkäuferin versuchte, ihr ein paar Pullover abzunehmen, aber sie hielt sie fest umklammert und schrie nach Hilfe.

Das war meine Chance! Ich ging zu ihr und sagte zu der völlig entgeisterten Verkäuferin:»Machen Sie sich nichts daraus. Sie meint das nicht böse. Sie ist etwas verwirrt. Ich kümmere mich darum.«

Meine Großmutter sah mich verzweifelt an und murmelte:»Ich wollte doch nur probieren. Und die Dame will mich nicht hineinlassen.«

»Das ist ein merkwürdiger Laden«, antwortete ich.»Hier sollte man wirklich nicht einkaufen!«

»Da hast du Recht, Greta!«

Ich nahm ihr sanft die Pullover aus dem Arm und gab sie der völlig überforderten Verkäuferin. Greta war der Name meiner verstorbenen Großtante.

»Lass uns nach Hause gehen, einen heißen Kakao trinken und ein paar Lebkuchen essen!«, schlug ich vor. Meine Großmutter lächelte. Ihr schien die Idee zu gefallen. Da sie den Riemen meiner Handtasche fest umklammert hielt, hakte ich mich einfach auf dieser Seite bei ihr unter und wir gingen zur Rolltreppe.

»Gestern war hier noch alles zerbombt. Das haben sie aber schnell wiederaufgebaut«, murmelte sie auf dem Weg nach unten.

Ich summte ihr Lieblingsweihnachtslied.

Der kleine Nachbar

Eine empörte Stimme schreckte mich aus dem Schlaf: »Das ist doch wohl das Letzte!«

Ich musste in meinem Liegestuhl eingenickt sein und schaute mich blinzelnd um, konnte aber niemanden sehen.

»Jetzt nehmen Sie endlich ihre Decke von meiner Haustür weg, damit ich in meine Wohnung kann. Das ist ja Nötigung!« Ein winziges Männlein stand neben meinem Liegestuhl und blickte mich wütend an.

Ich rieb mir die Augen und stammelte nur: »Was?«

»Das heißt: Wie bitte? Und Ihren Rasen könnten Sie auch mal wieder mähen. Demnächst muss ich mir wohl noch mit der Machete den Weg zur Arbeit freischlagen!«

Ich zog die Decke, die mir von den Knien gerutscht war, hoch und entdeckte neben dem Männlein ein faustgroßes Loch unter unserer Terrasse.

»Verbindlichen Dank! Und passen Sie in Zukunft besser auf! Sie tun ja gerade so, als gehörte Ihnen dieser Garten!«

»Er gehört mir ja auch!«, entfuhr es mir automatisch, während mein geschocktes Hirn noch immer die frischen Sinneseindrücke mit den bisherigen Lebenserfahrungen abglich und darin leider nicht fündig wurde. Einem circa acht Zentimeter großen Männlein in Anzug und Krawatte, das in der einen Hand einen Stockschirm und in der anderen eine Aktentasche trug, war ich noch nicht einmal in einem Märchenbuch, geschweige denn jemals im wirklichen Leben begegnet.

»Wie war das? Der Garten gehört Ihnen? Können Sie das beweisen?«

Das Männlein war wie ein Blitz wieder aus seinem Loch herausgeschossen und stand, diesmal ohne Schirm und Aktentasche, neben meinem Liegestuhl und stemmte die Hände in die Hüften.

Ich beschloss, nicht mehr länger mein Gedächtnis zu befragen, und ging zum Gegenangriff über:»Dieses Haus und das Grundstück, auf dem es steht, gehören meinem Mann und mir. Das ist so ordnungsgemäß ins Grundbuch eingetragen. Ha!«

Das Männchen schaute mich herablassend an:»Dort ist lediglich der Besitz an der Erdoberfläche geregelt. Nur weil Sie da oben ein Grundstück erworben haben, gehört Ihnen trotzdem nicht alles, was darunter ist. Sonst wären Sie ja automatisch Besitzerin eines ebenso großen Grundstücks in Australien, oder?«

Ich schaute ihn nur entgeistert an, was er sofort ausnutzte, um noch eins draufzusetzen:»Sie sind gesetzlich dazu verpflichtet, mir den Zugang zu meiner Wohnung freizuhalten. Also nehmen Sie gefälligst Rücksicht und lassen Sie ihre Pflanzen nicht so wild wuchern. Können Sie sich vorstellen, wie ich aussehe, wenn ich mich bei Regen durch Ihren Rasen kämpfe?«

»Ich wusste nicht, dass Sie hier wohnen!«, versuchte ich mich verzweifelt zu verteidigen, aber ich erntete nur einen höhnischen Blick.

»Sie wissen so einiges nicht! Als ich hier einzog und mich vorstellen wollte, kam ich leider nicht an die Klingel. Und auf mein Klopfen reagierten Sie auch nicht. Ich will mich nicht beschweren! Ich nahm es Ihnen auch nicht übel, denn ich bin an diese gedankenlose Welt gewöhnt und mache mir schon lange nichts mehr daraus. Dass Sie aber auf der Straße niemals grüßen, obwohl ich mit meinen 753 Jahren eindeutig der Ältere bin, und sogar nicht einmal zurückgrüßen, wenn ich in meiner Gutmütigkeit zuerst grüße, das beweist eine ganz bestimmte Geisteshaltung, der man heutzutage immer öfter begegnet. Ich erwarte keine übertriebene Ehrfurcht oder einen Teller mit Haferkeksen zu Weihnachten, wie es früher noch üblich war. Aber ein klein wenig Respekt könnten Sie mir doch entgegenbringen, oder?«

»Ich habe eben noch nie so einen ... äh ... also jemanden wie Sie gesehen. Also, ich meine ...«

»Halt! Überlegen Sie sich gut, was Sie sagen, denn es gibt ein Gesetz gegen Diskriminierung! Und ich bin Anwalt!«

»Oh, Heimatland!«

»Wie meinen? Bestehen Sie etwa noch immer darauf, dass Ihnen hier grundsätzlich alles gehört? Alberner Lokalpatriotismus gibt Ihnen keine Sonderrechte. Merken Sie sich das! «

Ich setzte mich in meinem Liegestuhl auf, fasste mir mit der Hand an den plötzlich dröhnenden Kopf und flüsterte: »Ich meine gar nichts.«

»Oh, kommen Sie mir bitte nicht mit der Mitleidstour, weil Ihnen die Argumente ausgehen! Das kann ich auf den Tod nicht leiden!«

»Fangen wir doch einfach noch einmal ganz von vorn an. Mein Name ist Monika Kubach, ich wohne hier oberirdisch und heiße Sie herzlich in der Nachbarschaft willkommen.«

Er schüttelte mir den kleinen Finger meiner ausgestreckten Hand und lächelte zum ersten Mal. »Meinen Namen kann ich Ihnen leider nicht sagen. Sie haben sicher gelesen, wie es meinem Großonkel Rumpelstilzchen erging, und ich muss die Gründe nicht weiter ausführen. Aber mir ist an guter Nachbarschaft gelegen. Also Schwamm drüber. Wenn Sie in Zukunft den Rasen regelmäßig mähen und im Winter einen ein Esslöffel breiten Zugang zur Straße vom Schnee befreien, werden wir uns hier schon irgendwie gütlich einigen.«

»Verstehen Sie mich nicht falsch, mir ist gute Nachbarschaft auch wichtig, aber sind die Pflichten nicht ein wenig einseitig verteilt?«

»Im Gegenzug sorge ich dafür, dass Ihr Vieh nicht krank wird.«

»Mein Vieh?«

»Kühe, Schafe, Ziegen, Schweine – na, Vieh eben!« Er wirkte wieder etwas genervt, und ich beeilte mich, ihm zu erklären, dass wir keine Viehbesitzer waren: »Wir haben auch keine Haustiere!«

»Das denken Sie! Sie schauen eben niemals richtig hin, sonst hätten Sie mich nicht ständig übersehen. Mein Segen und Schutz gilt für alle – ich wiederhole – alle Tiere, die zu Ihrem Haushalt gehören: Spinnen, Silberfischchen, Fruchtfliegen, Hausstaubmilben ...«

Ich fiel ihm ins Wort: »Und Sie sorgen dafür, dass diese Viecher gesund bleiben?«

Er warf sich in die Brust: »Ja! Das ist mein Werk! Das war schon immer eine unserer wichtigsten Aufgaben! Lesen Sie keine Bücher?«

»Und wenn wir nicht den Rasen mähen und Schnee schippen, dann geht es den Milben schlecht?«

»Aber ja! Dann sterben sie wie die Fliegen. Apropos Fliegen: Für deren Wohlergehen sind wir ebenfalls zuständig.« Ein selbstgefälliges Lächeln umspielte seine Lippen. »Meine letzte Subterrassenwohnung war der absolute Horror! Ständig stellten die Nachbarn ihren vollen Aschenbecher neben meinen Treppenabgang, und der kalte Rauch zog in jeden Winkel meiner Behausung. Es war der reinste Albtraum! Drei Tage nachdem ich dort weggezogen war, starb die

Wühlmausfamilie im Garten. Das gibt Ihnen zu denken, was?«

»Und das waren Sie?«, fragte ich ihn ungläubig.

»Was wollen Sie mir jetzt unterstellen? Ich habe sie nicht getötet! Passen Sie auf, was Sie sagen! Ich war nur nicht mehr für sie zuständig und hielt nicht mehr vierundzwanzig Stunden am Tag meine schützende Hand über das Haus und alle, die darin leben. Das ist nicht einmal Totschlag durch Unterlassen, denn das Grundstück gehörte ja nicht mehr zu meinem Bezirk.«

Mein Kopf dröhnte, und ich konnte kaum noch einen klaren Gedanken fassen.

»Also Sie sorgen dafür, dass es in meinem Haus von Ungeziefer wimmelt, wenn ich im Gegenzug den Zugang zu Ihrer Wohnung freihalte?«

»Ich bin für das Wohlergehen aller Grundstücksbewohner zuständig. So steht es im Mietvertrag.«

»Mietvertrag? Wer ist denn der Eigentümer? Oder ist das ein Geheimnis?«

»Namen darf ich aus dem vorhin genannten Grund leider keine nennen, aber es handelt sich um eine Wohnungsbaugesellschaft, die 2006 die ganze Nachbarschaft erschloss.«

»Und Sie bezahlen ihre Miete in Form von Insektenschutz?«

»Nun, Insektenschutz ist in diesem Zusammenhang ein irreführendes Wort. Es gehört von alters her zu unseren Pflichten, die Lebewesen auf dem gemieteten beziehungsweise gepachteten Grundstück zu beschützen. Miete zahlen wir natürlich trotzdem. Ich bin Anwalt und kann mir diese Luxuswohnung leisten!«

Ich betrachtete erstaunt das Loch und fragte aber lieber nicht, worin der Luxus genau bestand.

Aber er war meinem Blick gefolgt und bemerkte etwas spitz: »Innen ist alles picobello: Parkett, Fußbodenheizung, Duschbad, Badezimmer mit Whirlpool, Kaminzimmer, Küche mit Kochinsel, Schlafzimmer mit Himmelbett und ein begehbarer Kleiderschrank. Der Fahrstuhl wird regelmäßig gewartet. Es ist nicht meine Schuld, dass es hier außen so schlampig aussieht, denn für die Oberfläche ist mein Vermieter nicht zuständig. Die gehört ja, wie Sie treffend bemerkten, Ihnen. Und so sieht sie auch aus.«

Sein süffisantes Grinsen provozierte mich, die Frage, die mich schon eine Weile beschäftigte, nun endlich zu stellen: »Wenn Sie für die Gesundheit aller Lebewesen auf diesem Grundstück zuständig sind, warum habe ich dann Kopfschmerzen, dass es nur so kracht?«

»Mit wem sprichst du?«

Ich fuhr herum und fiel vor Schreck und heftiger Kopfschmerzattacke beinahe vom Liegestuhl.

Mein Mann stand plötzlich neben mir und schaute mich besorgt an.

»Mit unserem Nachbarn. Warum bist du jetzt schon zu Hause? Hast du früher Feierabend gemacht?«

»Wieso früher? Ich komme dienstags immer um diese Zeit. Und welchen Nachbarn meinst du? Hier ist doch gar niemand!«

»Er darf mir seinen Namen nicht sagen, und er wohnt unter unserer Terrasse.«

Ich zeigte auf das Loch und erklärte flüsternd die Details: »Wenn wir den Rasen kurzhalten und im Winter den Schnee wegschippen, dann kümmert er sich darum, dass es uns und den Hausstaubmilben gut geht. Aber ich habe mir vorhin überlegt, ob es nicht reicht, wenn wir alle zwei Jahre zum

Gesundheits-Check-up gehen und ihm einen stinkenden Buchsbaum vor die Haustür pflanzen, weil wir doch beide Nichtraucher sind. Dann geht es dem Ungeziefer schlecht und wir bleiben trotzdem gesund. Was meinst du?«

Er befühlte mit der Hand meine Stirn.

»Du glühst ja richtig! Wie lange liegst du denn schon in der Sonne?«

Ménage-à-trois

W er ist der fremde Mann in unserem Bett?«
»Fremder Mann? Ich sehe keinen fremden Mann!«
»Versuch nicht, mich für dumm zu verkaufen. Ich kann ich doch deutlich sehen, auch wenn er sich die Bettdecke über den Kopf gezogen hat!«

»Ach, so! Jetzt weiß ich, wen du meinst. Aber das ist doch kein fremder Mann! Das ist Herr Fuhrmann von Gegenüber. Du kennst ihn doch, oder?«

»Und was macht der bei dir in unserem Bett?«

»Na das siehst du doch! Er zieht sich die Bettdecke über den Kopf!«

»Wie lange geht das schon so?«

»Nicht lange. Höchstens zwei Minuten. Er fing eben erst damit an, als wir dich auf der Treppe hörten.«

»Chantal, sag es mir ganz offen: Was hat er, das ich nicht habe?«

»Na, das siehst du doch: eine Bettdecke über dem Kopf!«

»Bitte sei ehrlich zu mir: Willst du mich verlassen?«

»Bist du verrückt? Jetzt, nachdem meine Füße endlich warm sind, verlasse ich doch nicht mehr das Bett!«

Wind und Wellen

s gibt kein scheußliches Wetter, sondern nur scheuß-
liche Kleidung!« Nach diesem Prinzip mummle ich
mich je nach Jahreszeit mal mehr und mal weniger
ein. Aber ich konnte meine Nase im letzten Winter noch so
sehr unter Mützen und hinter Loop-Schals verstecken – die
Erkältungsviren fanden sie trotzdem, zogen fröhlich ein und
feierten in meinem Körper eine hammermäßige Einwei-
hungsparty, zu der sie auch noch ein paar Bakterien in die
Lunge einluden. Um meinen Mann nachts nicht mit meinem
Gehuste um den Schlaf zu bringen, wanderte ich ins Gäste-
zimmer aus und sah dem Fieber beim Steigen zu.

Als mir das zu langweilig wurde, betrachtete ich die vielen gerahmten Fotos an den Wänden, die alle das Segelschiff
Sørlandet zeigten, ein norwegisches Vollschiff mit drei Mas-
ten, auf dem mein Mann, bevor er mich kennenlernte, zwei-
mal seinen Sommerurlaub verbracht hatte. Deshalb kannte
ich zwar die Fotos und die Erzählungen, war jedoch niemals
selbst dabei gewesen. Ich liebte diese Bilder trotzdem sehr,
denn sie drückten etwas aus, das ich häufig tief in meinem
Innern spürte – den Drang nach Freiheit, Wind und Wellen.
Mein Leben war immer in geordneten Bahnen verlaufen,
was durchaus meinen Wünschen entsprach. Und doch hörte
ich hin und wieder diese kleine Stimme in meinem Hinter-
kopf, die mich einen Angsthasen nannte und auslachte.

Da ich heftige Kopfschmerzen hatte und nach durchhusteter
Nacht sehr erschöpft war, machte mir das Lesen keinen
Spaß, und so starrte ich die meiste Zeit vor mich hin, dachte

so an dies und das und hoffte, noch ein bisschen Schlaf nachholen zu können.

Die Fotos der *Sørlandet* zogen jedoch immer wieder meine Blicke magisch an, und ich betrachtete sie gedankenverloren. Sie war aus allen möglichen Perspektiven zu sehen: von vorn, von hinten, von der Seite, im Hafen, auf hoher See, bei guten Wetter, bei schlechtem Wetter, vom Deck aus, vom Beiboot aus, mit gesetzten Segeln, mit gerafften Segeln, vom Deck steil nach oben ... Mir wurde schwindlig. Die Schmerzen, das Fieber, das Schiff – alles drehte sich. Schneller und schneller. Das Bett schwankte, das Blut in meinen Ohren rauschte, das Schiff bewegte sich mit den Wellen, der Wind wehte mir die Haare ins Gesicht. Ich strich sie aus der Stirn, zog die Kapuze meiner Jacke hoch und blickte auf das Meer.

Es war herrliches Wetter. Die Sonne schien auf die weißen Segel, die vom Wind gebläht für eine flotte Fahrt sorgten. Hinter mir hörte ich Stimmen. Zwei Schotten, ein Engländer und drei Norwegerinnen hatten es sich mit ihren Schlafsäcken auf Deck gemütlich gemacht und boten mir Kaffee an. Ein Däne setzte sich mit seiner Gitarre dazu und sang Lieder, die keiner außer den Norwegerinnen verstand. Ich atmete tief die frische, salzige Luft ein und wärmte mir die Hände am Kaffeebecher. Das Schaukeln und Knarren des Schiffes hatte etwas Beruhigendes, Einlullendes. Ich saß einfach nur da und lächelte.

Zu Mittag gab es gekochten Fisch mit Kartoffeln und Gemüse. Die unteren Betten ließen sich zu Sitzbänken umbauen. Auf der anderen Seite der Tische, bei denen man nachts die Seitenteile herunterklappen konnte, saß man auf den Truhen, in denen die Kleidung verstaut wurde. Wenn es das Wetter zuließ, waren wir aber nie lange unter Deck. Wir Urlauber packten überall mit an, so gut wir konnten. Die Arbeit an der frischen Luft machte hungrig und müde, sodass ich herrlich einschlafen konnte, obwohl ich mit so vielen Personen auf engem Raum untergebracht war.

Man wusste sich bei Problemen auch leicht zu helfen. Da zum Beispiel die Füße eines Deutschen ganz fürchterlich stanken, legte sich der Italiener im angrenzenden Bett einfach verkehrt herum hin, und sie lagen sozusagen Fuß an Fuß. Niemand beschwerte sich ständig über irgendeine Kleinigkeit wie in einem Hotel. Man war pragmatisch und erfindungsreich, was sicherlich auch daran lag, dass man sich eigentlich nie langweilte. Natürlich wurde niemand zur Arbeit gezwungen, aber alle packten fröhlich unter Anleitung der Schiffsbesatzung mit an.

Die Urlauber wurden in mehrere Vierstundenschichten eingeteilt. Es galt, Segel zu setzen oder einzuholen, das Schiff sauber zu halten oder Fisch mit Kartoffeln und Gemüse zu kochen. Jeder durfte mal ans Ruder oder am Bug nach Schiffen oder kleinen Booten Ausschau halten. Natürlich verließ man sich nicht auf uns Laien. Das Schiff war mit Radar und Navigationsgeräten ausgestattet. Und manchmal beschlich mich das leise Gefühl, dass der Ausguck am Bug eher eine Art Beschäftigungstherapie für uns Touristen war. Aber es machte trotzdem Spaß, die große Glocke zu läuten, wenn ein Schiff in Sicht kam.

Wenn ich Nachtschicht hatte, freute ich mich immer ganz besonders auf den Sonnenaufgang, der den Himmel in allen Nuancen zwischen Rot und Gelb erstrahlen ließ – dabei auch nicht vor Rosa oder Lila zurückschreckte – und das Meer in einen Glitzerteppich verwandelte. Der Anblick war einfach unvergleichlich. Unverzeihlich fand ich jedoch das Frühstück, da an Bord alles ständig mal mehr und mal weniger nach Fisch roch. Aber die norwegische Marmelade, die noch richtig nach Früchten und nicht nur nach Zucker und Zitronensäure schmeckte, machte das wieder doppelt wett. Danach schlief ich immer wie ein Murmeltier und ließ mich von den Tagschichtleuten nicht sonderlich stören, wenn sie nebenan gekochten Fisch mit Kartoffeln und Gemüse zu Mittag aßen.

Am Donnerstag herrschte auf einmal beinahe Flaute. Nur eine leichte Brise kam dann und wann auf und spielte mit den Segeln. Doch das machte nichts, konnte ich mir doch endlich einmal meinen sehnlichsten Wunsch erfüllen und die Strickleitern am Mast ganz nach oben klettern. Bei voller Fahrt hatte ich mir das nie zugetraut und immer nur den anderen Touristen zugesehen, die diese Aufgabe spielend meisterten.

Zuerst ein wenig unsicher stieg ich tapfer weiter und weiter hinauf. Nur nicht hinunterschauen! Es war erstaunlich, wie lang so ein Mast sein konnte, wenn man Höhenangst hatte. Auf halber Höhe machte ich den Fehler, einschätzen zu wollen, wie weit es noch war. Dazu verglich ich das Stück über mir mit dem Stück unter mir – und klammerte mich daraufhin mit schlotternden Knien ganz fest an die Strickleiter.

Aber meine Panikattacken hatten den Vorteil, dass sie genauso schnell, wie sie kamen, auch wieder vergingen. Ich kletterte also tapfer weiter und war sehr froh, als ich tatsächlich oben ankam. Noch froher war ich allerdings, als ich wieder heil unten war, da ich nicht bedacht hatte, dass man beim Abstieg häufiger mal in die Tiefe blicken muss, da man nicht alles mit den Füßen ertasten konnte.

Ein paar Crewmitglieder hatten währenddessen Angeln ausgeworfen, und ich gesellte mich zu ein paar Urlaubern an die Reling, die gespannt verfolgten, wie hin und wieder ein Fisch an Bord gezogen wurde. Nach einer Weile wurde mir das zu langweilig und ich suchte nach Kjetil und Sverre, um ihnen eine Partie Halma vorzuschlagen. Gerade als ich unter Deck war, hörte ich von oben laute Jubelschreie. Man hatte ein wahres Prachtexemplar gefangen!

Ich machte auf dem Absatz kehrt, um diesen tollen Augenblick mitzuerleben, aber es standen so viele hochgewachsene Skandinavier mit Fotoapparaten vor mir, dass ich überhaupt nichts sehen konnte. An diesem Tag gab es gekochten Frischfisch mit Kartoffeln und Gemüse zu Mittag, und alle freuten sich über die unerwartete Abwechslung. Später durfte ich mir ein paar Bilder des Fangs auf dem Display einer Fotokamera ansehen. An Bord fand man eben für jedes Problem eine Lösung.

Eines Nachts war ich für das Steuerruder eingeteilt. Mithilfe eines Kompasses sorgte ich dafür, dass der Kurs eingehalten wurde. Plötzlich war zwischen den Wolken der Vollmond zu sehen. Die Wellen glitzerten, und die Segel reflektierten das Licht. Die Takelage zeichnete ein Schattenmuster auf das Deck, das sich mit dem Seegang hin- und herbewegte. Andächtig stand ich da. So sah es also aus, wenn ein Traum in Erfüllung ging! Ich hielt das Ruder fest in den Händen und blickte auf das Schiff und die merkwürdig leuchtende See. Ich fühlte mich wie Captain Sparrow, summte die berühmte Filmmusik, überlegte, ob mir eine Zöpfchenfrisur stehen würde, und ertappte mich dabei, wie ich plötzlich ausrief: »Wir sind schlimme Schurken!«

Am folgenden Tag kam ein leichter Sturm auf. Wir holten einen Teil der Segel ein, aber nach und nach zogen wir Touristen uns unter meiner Führung mit blassen Gesichtern aus dem Tagesgeschehen zurück. Zu Mittag gab es zwar völlig unerwartet keinen gekochten Fisch, keine Kartoffeln und kein Gemüse, aber dafür einen undefinierbaren Eintopf, der von Jens und Uwe, meinen zwei Tischgenossen aus Hamburg, als *Labsgraus* bezeichnet wurde. Er hatte den Vorteil, dass er hinterher so aussah wie vor dem Essen, was sich als nützlich erwies, da immer mehr Touristen vom *Big Telephone* Gebrauch machen mussten. Dabei handelte es sich um einen großen Metalltrichter, der seitlich am Bug angebracht war. Da der Wind nicht nur das Meerwasser aufpeitschte, sondern auch jede beliebige Flüssigkeit, war dies bei Seekrankheit eine sehr nützliche Einrichtung, die jedoch aufgrund ihrer Materialbeschaffenheit gewisse Geräusche verstärkte.

Die Crewmitglieder grinsten sich eins, denn für sie war der Wellengang dieses Ministürmchens noch kein Problem. Sie schritten lediglich etwas breitbeiniger als sonst übers Schiff und hielten sich gut fest, um nicht von einer größeren Welle überrascht oder von zum Bug eilenden Touristen über den Haufen gerannt zu werden.

Natürlich kam auch für mich der Moment, in dem ich das dringende Bedürfnis nach einem Ortsgespräch am *Big Telephone* hatte. Ich hangelte mich mit Tränen in den Augen an der Reling entlang, biss die Zähne zusammen und zählte die Meter. Endlich erreichte ich den großen Trichter! Plötzlich spürte ich eine Hand auf meiner Schulter. Ich drehte mich um, schlug die Augen auf und sah meinen Mann auf der Bettkante sitzen.

»Wie geht es dir? Möchtest du etwas essen?«

Angewidert verzog ich mein Gesicht! Wie konnte er mich ausgerechnet in diesem Moment so etwas fragen! Sah er denn nicht, dass ich gerade dabei war ... Aber dann merkte ich, wie hungrig ich war.

»Gibt es wieder *Labsgraus*?«

»Wie kommst du ausgerechnet darauf?«

»Ich weiß nicht.« Verwirrt blickte ich auf die Bilder an der Wand.

Er reichte mir das Fieberthermometer. »Ich mache dir eine Hühnersuppe, wenn du magst. Bis dahin kannst du dir erst mal das reinschieben. Ich glaube, es ist nicht ganz unnötig."

Die drei Eichen

W arte auf mich!«
Doch Luise stellte sich taub und galoppierte quer über ein abgeerntetes Feld.

Marie schaute ihr wütend nach. »Wenn du glaubst, dass ich dir folge, dann glaubst du falsch«, murmelte sie und ritt gemütlich den Feldweg entlang, der in einem großen Bogen zum Wald führte. Dabei behielt sie ihre Cousine im Auge, die den Waldrand schon fast erreicht hatte. Deshalb konnte sie auch direkt mitverfolgen, wie eine Elster mit lautem Schäckern aufflog, Luises Pferd scheute, und seine Reiterin vom Sattel kippte und in das Gebüsch flog, das den Waldrand säumte.

Marie hielt vor Schreck die Luft an und galoppierte dann aber ebenfalls, so schnell sie sich traute, in direkter Linie über den Acker, um der Verunglückten zu Hilfe zu eilen. Doch die war dort nirgends zu sehen. Marie sprang vom Pferd und band es an einem Baum fest, damit es nicht seinem Stallgefährten folgen konnte, der gerade in Panik zurück zum Schloss lief. Dabei rief sie: »Luise!«

Als Antwort hörte sie nur das Geschrei der aufgebrachten Elster, die in der Nähe in sicherer Höhe auf einem Baum saß und die ungebetenen Gäste kräftig ausschimpfte.

»Luise!« Marie suchte fieberhaft alles ab und bog die widerspenstigen Zweige auseinander.

Plötzlich hörte sie eine dumpfe Stimme: »Hier unten bin ich. Pass auf, dass du nicht auch einbrichst!«

»Luise!« Ungläubig kämpfte sie sich durch das Gestrüpp, in dem sich ständig der Schleier ihres Reithuts verfing, bis sie plötzlich vor einer Eiche ein Loch im Boden erblickte. »Luise?«

»Ja, hier unten! Das glaubst du nicht! Das musst du gesehen haben! Hier unten ist ein Gang!«

»Bist du verletzt?«

»Ich? Nein. Wie sollte ich? Die Sträucher haben mich doch aufgefangen! Und dann bin ich in dieses Loch gerutscht.« Sie streckte ihren schmutzverschmierten Kopf aus der Öffnung und strahlte vor Begeisterung. »Links oder rechts?«

Marie war noch ganz verdattert und reichlich blass um die Nase. »Was meinst du?«

»Na, den Gang! Ich bin ihn ein paar Schritte entlanggegangen. Aber dann kam ich zurück, weil du mich gerufen hattest. Der geht da noch ewig weiter. Komm! Ich helfe dir herunter. Er ist nicht sehr hoch. Wir müssen uns bücken. Hier sind drei Tritte an der Wand. Ich halte deine Hand. Dann kannst du heruntersteigen.«

»Du bist ja wohl nicht bei Trost!«, rief Marie aufgebracht. »Ich suche dich und komme hier oben fast um vor Sorge, und du erkundest seelenruhig Gänge. Und was machst du, wenn er einstürzt?«

»Das ist gar nicht so unsicher, wie ich zuerst dachte. Die Wände und die gewölbte Decke sind gemauert, und die Steine sitzen fest. Der Gang ist hier nicht eingestürzt, sondern da war schon immer ein Einstieg mit Falltür. Siehst du die merkwürdigen Holzbrocken? Das waren wohl meine Begleiter, die sich mir auf dem Weg nach unten spontan anschlossen.« Sie lachte laut über ihren eigenen Scherz und blickte sich, mit dem Waldboden auf Kinnhöhe, vergnügt um. »Ach, nein! Wir sind ja direkt bei den drei Eichen! Das kann kein Zufall sein! Sie markieren bestimmt den Einstieg zum Geheimgang!«

»Jetzt komm endlich wieder hoch! Die machen sich bestimmt schon große Sorgen und suchen nach uns. Dein Pferd ist nämlich nach Hause gerannt.«

»So ein Pech! Ich hätte so gerne den Gang untersucht. Hilf mir mal!« Sie streckte Marie ihre Hand entgegen und stieg über die Tritte, die wie eine ganz schmale Treppe an der Wand entlangführten, nach oben.

»Du siehst aus wie ein Ferkel«, konstatierte Marie. »Dein schönes Reitkleid!«

»Erzähl bloß nichts von dem Gang!«

»Warum?«

»Na, weil sie dann bestimmt sofort die Öffnung zumauern. Und dann können wir nicht mehr rein!«

»Warum willst du da rein? Du warst doch schon drin!«

»Also, manchmal kann ich deinetwegen wirklich nur noch den Kopf schütteln. Bist du denn nicht neugierig?«

»Ich bin vor allem hungrig.«

»Aber verstehst du denn nicht? Großmutter Hortenses Schmuck!«

»Welche Großmutter? Und welcher Schmuck?«

»Kennst du denn nicht die Geschichte? Großmama erzählt doch immer, dass Großmutter Hortense ihren Schmuck vor Napoleon versteckt hatte und auf dem Sterbebett nicht mehr sagen konnte, wo genau das war.«

»Was wollte denn Napoleon mit ihrem Schmuck?«

»Also, du treibst mich noch in den Wahnsinn! Das sagt man doch nur so! Als sie noch ganz klein war, war ihre Familie wegen der Revolution von Frankreich nach Preußen geflüchtet. Deshalb hatte sie andauernd Angst und versteckte ständig Wertsachen. Sie starb 1813 nach der Geburt von Papa. Als Großpapa später Großmama heiratete, fanden sie an den merkwürdigsten Plätzen Wertgegenstände. Die silberne Zuckerdose stand auf dem Schrank in der Halle, und hinter Großmamas Kleiderschrank steckt heute noch ein kostbarer Fächer. Man kann ihn sehen, aber bei jedem Versuch, ihn hervorzuangeln, rutscht er nur noch weiter. Doch das Schmuckkästchen von Großmutter Hortense blieb bis heute verschwunden. Sie haben nur den Schlüssel, den sie ihrer Zofe anvertraute, als es mit ihr zu Ende ging. Sie soll im Fieber ständig irgendetwas von einer Elster gemurmelt und wirr geredet haben.«

»Und du meinst, sie hat das Kästchen in diesem dreckigen Gang deponiert? Sie soll doch immer so auf ihre Toilette Wert gelegt haben. Ich kann mir nicht vorstellen, dass sie es hier versteckt hat.«

»Doch nicht im Wald, du Dummerchen! Aber vielleicht am Ende des Gangs. Der führt bestimmt zum Schloss. Also erzähl niemandem davon. Morgen kehren wir mit einer Laterne zurück und erkunden ihn.«

Sie schlüpfte behände durch das Gebüsch, sodass Marie gar nicht so schnell hinterherkam, begann auf dem Feldweg aber plötzlich zu humpeln. »Ich glaube, ich habe mir vorhin den Knöchel verstaucht. Darf ich reiten?«

»Meinetwegen«, murmelte Marie, half ihr aufs Pferd und ging nebenher. Zum Glück kam ihnen bald einer der Stallburschen, der zum Suchtrupp gehörte, mit Luises Pferd entgegen. Luise sprang flink herunter, ließ sich auf ihr eigenes Pferd helfen, und sie ritten zurück zum Schloss.

Auf der Freitreppe hielt Freifrau Sibylla von Schwetzerwitz mit gerunzelter Stirn nach ihren Enkelinnen Ausschau und murmelte: »Hoffentlich bringen wir diesen Wildfang bald einigermaßen unbeschadet unter die Haube. Nach dem dritten Kind wird sie vielleicht etwas ruhiger.« Als Luise und

Marie von ihren Pferden stiegen, rief sie laut:»Reicht es dir nicht, auf die Erde zu fallen? Musst du dich auch noch darin wälzen? Mein Wort vom Donnerstag gilt: Wenn noch einmal ein Pferd allein nach Hause kommt, geht ihr zu Fuß.«

»Aber Großmama!«, rief Luise, entsetzt über die unerwartete Strenge.»Die Pferde müssen doch bewegt werden!«

»Die wissen selbst, wie man sich auf einer Koppel bewegt. Der Herrgott gab dir deine zwei Beine zum Laufen. Von Damensätteln steht in der Bibel nichts! Jetzt geh und wechsle die Kleider. Und benutze die Dienstbotentreppe.«

Luise ging wütend zur Seitentür, und Marie wollte ihr folgen, wurde aber zurückgerufen.

»Marie! Du nicht. Du bist sauber. Und nun sag mir, was passiert ist. Ach, nein, sag es mir nicht. Du warst schon immer eine schlechte Lügnerin. Ich weiß, du bist die Jüngere, aber kannst du denn nicht trotzdem ein bisschen besänftigend auf sie einwirken? Das kann man nicht früh genug lernen, wenn man eine gute Ehefrau werden möchte.«

In der Nacht fuhr Marie mit einem Schrei aus dem Schlaf. Luise, die sich ins Zimmer geschlichen und auf die Bettkante gesetzt hatte, flüsterte:»Still! Du weckst ja alle auf!«

»Was machst du hier?«

»Ich muss mit dir reden. Diese Elster geht mir nicht mehr aus dem Kopf.«

»Die, von der Großmutter Hortense auf dem Sterbebett gesprochen hatte?«

»Die auch. Ich meine aber die Elster, die mein Pferd erschreckte. Das kann kein Zufall sein!«

»Sie hat dort wahrscheinlich ihr Nest. Und Pferde erschrecken eben leicht.«

»Nein! Jetzt hör mir doch mal zu! Es kann kein Zufall sein, dass Großmutter Hortense immerzu von einer Elster sprach, und heute führt mich eine Elster zu dem Gang! Verstehst du denn nicht? Dort muss der Schmuck versteckt sein!«

»Aber das war 1813. So lange lebt doch kein Vogel!«

»Das meine ich nicht! Dort waren schon immer Elsternester. Und vielleicht wurde sie ebenfalls durch eine Elster auf den Gang aufmerksam.«

»Du meinst, sie ist ebenfalls rückwärts vom Damensattel gekippt?« Marie kicherte.

»Wie auch immer! Sie sprach ständig von einer Elster. Und endlich ergibt es einen Sinn!«

»Ja? Welchen?«

»Ich habe mir etwas überlegt! Wir nehmen morgen unsere Nachthemden mit auf den Spaziergang. Die ziehen wir an den drei Eichen über unsere Kleider, und um den Kopf binden wir ein Handtuch. Die Krinolinen und die Hüte verstecken wir im Gebüsch. Und dann brauchen wir natürlich noch Kerzen!«

»Du willst im Nachthemd spazieren gehen? Welchen Sinn soll das ergeben?«

»Nein! Ich sagte doch: Wir ziehen sie an den drei Eichen über die Kleider ...«

»Und mit einem Handtuch auf dem Kopf?«

»... wie eine Schürze. Damit die Kleider nicht schmutzig werden, wenn wir den Gang erkunden. Und die Handtücher schützen unsere Haare, weil wir in dem niedrigen Gang nicht auch noch Hüte tragen können.«

»Ach, du willst den Gang erkunden. Aber dann werden doch die Nachthemden schmutzig! Und die Handtücher!«

»In denen sieht uns aber Großmama nicht. Wenn wir in schmutzigen Kleidern zurückkommen, gibt es doch bloß wieder eine Strafpredigt.«

»Ich will aber nicht in einem schmutzigen Nachthemd ins Bett gehen!«

»Dummerchen! Wer sagt denn, dass du das musst? Du hast doch sicherlich nicht nur ein Nachthemd eingepackt, das du die ganze Zeit, während wir hier zu Besuch sind, tragen willst. Oder? Ich gebe der Hanna eine Kleinigkeit, und sie kümmert sich darum, dass die Sachen gewaschen werden, ohne dass das jemand mitbekommt. Und wenn sie nicht ganz sauber werden, macht es nichts.«

»... weil uns Großmama niemals darin sieht.«

»Jetzt hast du mich verstanden.«

»Nicht ganz. Wer ist Hanna?«

»Die Waschfrau. Wenn jemandem so viele Missgeschicke passieren wie mir, ist es immer gut, wenn man die richtigen Leute kennt. Beziehungen sind alles im Leben. Das sagt auch Papa immer.«

Am nächsten Tag hatten beide ein kleines Bündel unter den Röcken, als sie zu ihrem Nachmittagsspaziergang aufbrachen. Bei den drei Eichen setzten sie ihren Plan in die Tat um und leuchteten in den Gang. Er schien sich durch die Erde zu schlängeln, denn auf beiden Seiten war eine Biegung zu sehen.

»Welche Seite führt zum Schloss?«, fragte Luise.

»Ich glaube, diese hier. Aus dieser Richtung sind wir auch gekommen.«

»Aber der Weg führt in einem Bogen zum Wald. Zum Schloss geht es bergauf. Also muss es die andere Seite sein, denn da sehe ich eindeutig eine Steigung.«

»Wie du meinst ...«

In gebückter Haltung folgten sie dem Gang. Hinter jeder Biegung vermuteten sie das Schloss und wurden immer wieder enttäuscht.

»Nimmt das denn nie ein Ende?«, stöhnte Marie nach einer Weile. »Das ist reichlich unbequem.«

Plötzlich blieb Luise, die voranging, abrupt stehen. »Da vorn ist eine Wand!«

»Herrlich! Wir sind da! Ist da auch eine Falltür wie im Wald?«

Luise ging weiter bis zur Mauer und leuchtete nach oben. »Tatsächlich! Hilf mir! Wir müssen sie hochdrücken.« Sie stellten die Kerzen auf den Boden und stemmten sich gegen die Metallplatte, die aber kein bisschen nachgab. Luise trommelte verzweifelt dagegen. Auf einmal war von oben ein Rumpeln zu hören, und die Falltür wurde geöffnet. Sie blickten einer Stallmagd direkt in die Augen, die gerade einen Knüppel schwingen wollte und noch rechtzeitig innehielt.

»Nanu! Ich dachte, ich höre einen Fuchs da unten. Ich bitte um Verzeihung!« Sie knickste verdattert.

»Sind wir hier im Schloss?«, fragte Luise und sah sich neugierig um. Die Antwort war ein Muhen.

»Nein, das hier ist der Kuhstall. Zum Schloss geht es hinter der Scheune links.«

»Hat sich denn nie jemand für diese Tür interessiert?«, fragte Marie.

»Hier steht immer dieses Ding.« Die Magd deutete auf ein Podest. »Da stellen wir die Milchkannen drauf, in die wir die Melkeimer leeren. Ich zog es weg, als ich Geräusche hörte. Eigentlich wollte ich nur nach der Liese schauen. Die hat einen verletzten Fuß und kann nicht mit auf die Weide.« Wie aufs Stichwort muhte die Kuh wieder und schaute neugierig auf die mit staubigen Handtüchern bedeckten Köpfe, die vor ihr aus dem Boden ragten.

»Hier sind wir also falsch«, konstatierte Luise. »Wir gehen am besten den Gang wieder zurück.«

Die Magd schloss die Falltür und brachte kopfschüttelnd alles zurück an seinen Platz, bevor sie nach der Kuh sah.

Währenddessen gingen die beiden jungen Damen den ganzen Weg zurück, und Marie schluckte ein »Ich habe es dir gleich gesagt!« hinunter. Bei den drei Eichen hatte sie schon den Fuß auf dem untersten Tritt, aber Luise fragte verwundert: »Was machst denn du?«

»Ich gehe jetzt nach Hause!«

»Das kommt überhaupt nicht infrage. Jetzt wissen wir doch, wo es zum Schloss geht.«

»Wir wissen lediglich, wo es nicht zum Schloss geht. Wer weiß, wo die andere Seite des Gangs endet. In einer Jagdhütte? Oder unten am See? Oder in Berlin?«

»Das müssen wir eben herausfinden!«

»Ich muss gar nichts! Mir tut der Rücken weh. Ich gehe keinen Schritt weiter in dieser Haltung.«

»Dann warte hier wenigstens auf mich!«

Damit war Marie einverstanden. Sie setzte sich auf den mittleren Tritt und versank in Träumereien. Luise nahm nun beide Kerzen mit und machte sich auf den Weg. Dieser Teil des Gangs war noch länger als der andere, und nach einer Weile konnte sie vor Schmerzen auch fast nicht mehr weiter. Aber es ging eindeutig bergauf, was ihr neue Hoffnung gab, dass er zum Schloss führen könnte. Jeder Schritt wurde zur Qual. Hinter jeder Biegung kam eine weitere Biegung, bis sie plötzlich wieder eine Wand sah. Sie stieß einen Freudenschrei aus und lief das letzte Stück. Sie leuchtete nach oben und sah – nichts. Zumindest keine Falltür. Auch links und rechts war nichts zu entdecken. Sie stellte die Kerzen auf den Boden und tastete alles ab. Aber sie fühlte überall nur Mauerwerk. Einen kleinen Unterschied fand sie jedoch: Die Wand am Ende des Gangs war eindeutig neuer!

»Die haben ihn zugemauert«, flüsterte sie erschüttert und brauchte eine ganze Weile, um sich mit dieser Tatsache abzufinden. Der Rückweg war eine einzige Strapaze. Mehrmals überlegte sie, ob es nicht besser sei, es auf allen vieren zu versuchen. Aber die Schande, schon wieder mit schmutzigen Kleidern nach Hause zu kommen, hätte sie nicht ertragen. Als ein schwacher Lichtschimmer den Ausgang bei den drei Eichen ankündigte, brach sie in Tränen aus. Prompt taumelte sie, trat mit dem linken Fuß in eine Vertiefung nahe bei der Wand und hätte sich um ein Haar den Knöchel verstaucht. Voller Hoffnung stellte sie die Kerzen auf den Boden und untersuchte die Stelle, aber es handelte sich lediglich um einen Abfluss, in den das Regenwasser laufen konnte. Nun hatte sie auch die Erklärung, warum der Gang zum Schloss hin abfiel und zur Hofanlage hin anstieg. Sie rüttelte an dem dicken Eisengitter über dem Abfluss, aber es saß fest. Hier konnten keine zarten Frauenhände Schmuck verstecken. Höchstens versenken. Luise musste plötzlich an den Fächer hinter dem Kleiderschrank denken und verfluchte halblaut ihre Ahnin.

»Luise?«

»Ja. Ich bin zurück.«

»Hast du etwas gefunden?«

Luise ging das letzte Stück bis zum Ausgang, wo Marie noch immer auf dem mittleren Tritt saß.

»Ah! Endlich stehen!« Luise steckte den Kopf aus der Öffnung und streckte sich. »Das andere Ende ist zugemauert. Die Steine sehen neuer aus als das restliche Mauerwerk. Dort hinten, nach der nächsten Biegung, fand ich auf dem Rückweg einen Abfluss. Wahrscheinlich hat sie ihre Juwelen da hineingeworfen.«

»Da wären sie auf jeden Fall vor Napoleon sicher gewesen.« Marie stand auf, um sie vorbeizulassen.

»Du findest das wohl lustig?«, murmelte Luise erschöpft und stieg nach oben, um auf und ab zu gehen und mit den Armen zu rudern.

Marie setzte sich wieder. »Ich habe nachgedacht. Dieses ganze Gerede von einer Elster ergibt doch gar keinen Sinn. Angeblich hat Großmutter Hortense in den letzten Tagen fast nur noch Französisch gesprochen. Deshalb verstand ihre Zofe sie ja nicht. Sie kann also alles Mögliche damit gemeint haben. Igitt! Was ist denn das?«

»Was hast du?«

»Ich habe in irgendetwas hineingegriffen. Das fühlt sich so merkwürdig weich an.«

»Eine tote Ratte?«

Aber Marie war schon dabei, eine der Kerzen wieder anzuzünden, und leuchtete neben die Trittstufen. »Ich ließ einfach nur so die Hand hinunterhängen. Das gibt es nicht! Sieh nur!«

Luise hatte ihre Rückenschmerzen vergessen und sprang leichtfüßig die Stufen hinunter. Sprachlos starrten sie auf ein schimmliges Holzkästchen, das in der Ecke neben der Treppe auf dem Boden stand.

»Wie konnten wir das nur übersehen?«, stammelte Luise.

»Vielleicht bekam die diebische Elster, die es gestohlen hatte, plötzlich Gewissensbisse und brachte es zurück, während wir bei kranken Kühen für Unterhaltung sorgten.«

»Sei nicht albern! Wir haben hier nur nie richtig gesucht. Wir hätten uns die Trümmer der Falltür näher ansehen sollen.«

»Das französische Wort für Treppe ist *escalier*. Ein klein wenig klingt das doch nach Elster, wenn man es mit schwacher Stimme murmelt.«

Luise sah Marie mit offenem Mund an.

Auf der Freitreppe hielt Freifrau Sibylla von Schwetzerwitz wieder nach ihren Enkelinnen Ausschau und fragte sich, womit sie das eigentlich verdient hatte. Der Reitknecht, den sie mit der Suche beauftragt hatte, war längst zurück und hatte die Spaziergängerinnen auf keinem der Wege rund um das Schloss gefunden. Seufzend ging sie wieder hinein und arbeitete an ihrer Stickerei. Deshalb bekam sie gar nicht mit, wie die zwei jungen Damen ihrem Großvater, der auf der Terrasse eine Zigarre rauchte, stolz ein Kästchen präsentierten. Er saß ganz still da, paffte große Rauchwolken und betrachtete es eine ganze Weile.

»Ihr zieht euch besser erst einmal um und macht euch frisch, bevor ihr eure Großmama holt«, murmelte er nach einem Blick auf ihre schmutzigen Rocksäume.

»Aber möchtest du denn gar nicht nachsehen, was darin ist?«, fragte Luise verwundert.

»Ich kann warten. Ich konnte all die Jahre nicht hineinsehen. Da eilt es jetzt auch nicht.«

Beim Anblick ihrer zwei längst überfälligen Enkelinnen, die zudem nicht die Kleider trugen, in denen sie zu ihrem Spaziergang aufgebrochen waren, holte die Freifrau tief Luft, um eines ihrer gefürchteten Donnerwetter loszulassen, aber Luises einfacher Satz »Wir haben das Schmuckkästchen gefunden!« brachte sie völlig aus dem Konzept. Sie holte stumm den Schlüssel aus ihrem Nähtischchen und ging mit den beiden auf die Terrasse. Dort saß der alte Freiherr Friedrich von Schwetzerwitz noch immer an seinem Platz und bewegte fast unmerklich die Lippen, während er das Kästchen seiner verstorbenen ersten Frau betrachtete. Als ihm seine zweite Frau wortlos den Schlüssel reichte, schreckte er regelrecht hoch und schüttelte lächelnd den Kopf. »Das Schloss ist wohl der einzige Teil, der noch nicht völlig morsch ist.« Er packte das Kästchen mit beiden Händen und es zerbrach in mehrere Stücke. Ein Dutzend verschimmelte Samtsäckchen kam zum Vorschein. Luise und Marie hatten tiefrote Wangen vor Aufregung. Ganz vorsichtig nahm ihr Großvater eines der Säckchen, öffnete es und ließ den Inhalt in seine Hand gleiten.

»Pfui! Was ist denn das?«, rief Luise entsetzt beim Anblick des undefinierbaren, halbverrosteten Wirrwarrs.

»Das ist Eisenschmuck. Den trug man damals als gute Patriotin.« Freifrau von Schwetzerwitz musste sich mühsam ein Lachen verkneifen, als sie die langen Gesichter der beiden Schatzsucherinnen sah, denn ihrem Mann schien die Situation sichtlich nahezugehen.

»Sie verachtete Napoleon aus tiefstem Herzen«, sagte er leise. »Als Prinzessin Marianne von Preußen alle Frauen dazu aufrief, ihren Goldschmuck abzugeben, hat anscheinend auch meine teure Hortense ein Opfer gebracht und Eisenschmuck getragen. Ich kann mich nicht mehr so richtig daran erinnern, denn ich zog damals in den Krieg. Als ich zurückkam, war sie schon von uns gegangen.« Er stand abrupt auf und ging ins Haus.

»Aber Großpapa! Möchtest du denn nicht sehen, was in den anderen Säckchen ist?«, rief ihm Luise nach, doch ihre Großmutter legte ihr die Hand auf die Schulter. »Lass ihn. Du darfst gerne selbst nachsehen. Sei aber vorsichtig!«

So behutsam, wie es ihr bei ihrem Temperament möglich war, öffnete sie ein Säckchen nach dem anderen, aber sie fand immer nur rostiges Eisen. Tränen der Enttäuschung traten ihr in die Augen. Sie sprang auf und ging in den Garten.

»Marie, möchtest du das nächste öffnen?«, fragte ihre Großmutter. Und noch mehr Rost kam zum Vorschein.

Unterdessen saß Luise auf einer Gartenbank und weinte still vor sich hin. Eine Elster ließ sich in ihrer Nähe auf einem Ast nieder.

»Hau bloß ab, du dummes Vieh!«

Erschrocken flog der Vogel auf und ließ sein Schäckern hören.

»Ja, lach mich nur aus! Ich habe wenigstens noch Träume! Und was hast du? Eine hässliche Stimme!«

»Möchtest du den Bernsteinanhänger oder das silberne Kreuz?« Marie stand plötzlich neben der Bank und hielt ihr die beiden Objekte zur näheren Begutachtung vors Gesicht. »Sie lagen ganz unten im Kästchen. Wir dürfen sie als Andenken an unsere Schatzsuche behalten, wenn wir versprechen, in Zukunft keine Gänge mehr zu erkunden, sagt Großmama. Du darfst dir eines aussuchen. Ich nehme dann das andere. Mir gefallen beide, und so ist es mir gleich, welches Stück du nimmst.«

Luise wischte sich die Tränen aus dem Gesicht und lächelte:»Wähle du.«

»Dann nehme ich den Bernsteinanhänger. Er ist zwar nichts Besonderes, aber die Farbe wird mich immer an den schmutzigen Geheimgang erinnern. Und sie passt wunderbar zu meinem Haar.« Sie lief lächelnd zurück ins Haus, um ihren neuen Besitz sorgfältig zu reinigen.

Luise betrachtet das Kreuz, das ganz dunkel angelaufen war, und musste plötzlich über sich selbst lachen.»Und das passt wunderbar zu meiner schwarzen Seele.«

In der Nacht träumte die Stallmagd von zwei schmutzigen Schreckgespenstern, die sie kreuz und quer durch den Stall jagten. Schweißgebadet wachte sie auf und fragte sich, was um alles in der Welt die zwei feinen Damen denn im Nachthemd unter dem Kuhstall gesucht hatten.

Die Falle

Und weil sie so lichtscheu sind, kommen sie bei Neumond«, beendete Tante Marga ihre Schauergeschichte über Werwölfe, die angeblich regelmäßig in der Nachbarschaft ihr Unwesen trieben.

Und wenn heute nicht Neumond, sondern Dreiviertelhalbmond wäre, würden sie uns auf die Sekunde genau bei Dreiviertelhalbmond einen Besuch abstatten, dachte ich amüsiert und blickte verstohlen zu Tim, der ebenfalls mit dem Lachen kämpfte.

Ein lautes Knacken ließ uns zusammenfahren. Im Kaminofen der großen Wohnküche war ein Holzscheit umgefallen, und Funken stoben nach allen Seiten. Tante Marga stocherte energisch aber sinnlos mit dem Schürhaken im Feuer herum und schien alles nur noch schlimmer zu machen. Rauch kroch mir in die Augen. Tim und Onkel Rüdiger husteten.

»Ihr glaubt mir natürlich nicht!«, schimpfte Tante Marga. Durch die gebückte Haltung erinnerten mich ihr breiter Hintern im braunen Wollrock und ihre kurzen Beine an einen Polsterhocker, den ich kürzlich in einem Möbelhaus gesehen hatte. Ich zuckte ordentlich zusammen, als sie sich zu mir umwandte und mit dem Schürhaken vor meiner Nase herumfuchtelte. »Sie streichen heulend ums Haus und rütteln und kratzen an jeder Tür und an jedem Fenster! Deshalb müsst ihr mir in die Hand versprechen, heute Nacht den Fensterladen fest zu verriegeln und auf keinen Fall bei offenem Fenster zu schlafen. Onkel Rüdiger und ich stellen gleich noch die Fallen auf.«

»Fallen?« Tims verdutztes Gesicht war mindestens fünf Euro wert.

»Ihr wisst aber schon, dass Tellereisen in der EU verboten sind!« Langsam wurde ich wütend. Am Küchentisch bei Tee und Haferkeksen alberne Geschichten erzählt zu bekommen, ließ ich mir ja gern gefallen, aber ich dachte mit Schaudern an die grässliche Narbe, die sich mein Vater am Bein zugezogen hatte, als er in seiner Jugend bei einem heimlichen nächtlichen Ausflug in solch eine Tierfalle getreten war. »Am Ende gerät noch eine Katze oder ein Wildtier hinein und verreckt jämmerlich!«

»Ja, ein wildes Tier. So kann man es nennen. Dafür stellen wir die Eisen auf«, nuschelte Onkel Rüdiger in seinen struppigen Schnurrbart. »Könnt ihr Marga beim Spannen der Fallen helfen? Ich gehe nachher noch ein bisschen weg.«

»Bleib!« Tante Marga krallte ihre Finger in seinen Arm. »Geh nicht! Nicht heute! Es wird bald dunkel!«

»Mach dir keine Sorgen. Heinz und Sigi sind ja dabei. Mir wird schon nichts passieren. Und ich habe eine Waffe.«

War das ein Dolch, den er da gerade in der Innentasche seiner abgewetzten Wildlederjacke verstaute? Heimat! Konnte die Familie die zwei Verrückten eigentlich überhaupt noch unbegleitet auf die Menschheit loslassen?

Wie aufs Stichwort klopfte es an der Hintertür, und zwei rotgeäderte Trinkernasen wurden fröhlich in die gemütliche Wohnküche gestreckt. Bevor Tante Marga ihren Bedenken noch mehr Nachdruck verleihen konnte, waren die drei verschwunden. Tim und ich sahen einander an. Am liebsten wären wir mitgegangen.

All meine Ermahnungen und Hinweise auf geltende EU-weite Verbote halfen nichts. Bevor sich Tante Marga noch verletzte, halfen wir ihr zähneknirschend beim Aufstellen und Spannen der Tellereisen. Unter jedes Fenster und vor jede Tür kam so ein mörderisches Teil, und ich fragte mich mit Grausen, ob meine beiden wunderlichen Verwandten wohl viel im Versandhandel bestellten. Bei uns daheim kamen die Paketzusteller oft auch noch zu fortgeschrittener Tageszeit.

Als ich später zu Tim ins Bett schlüpfte, fragte er mich rundheraus: »Waren die eigentlich schon immer so irre, oder ist das der Beginn einer Demenz?«

»Diese Werwolfgeschichten haben in unserer Familie eine lange Tradition.«

»Die Verwendung von gemeingefährlichen Tierfallen ebenfalls?«

»Ich finde das auch furchtbar, aber das haben meine Urgroßeltern schon so gemacht. Tante Marga kennt es nicht anders. Mein Vater hat sich mal bös verletzt, als er nachts aus dem Fenster klettern wollte und abrutschte.«

»Ich möchte nicht wissen, wie viele Tiere und Menschen in den Dingern zu Schaden gekommen sind. Wie könnt ihr zulassen, dass die diesen gefährlichen Quatsch weiterführen?«

»Das sind Ersatzhandlungen.«

»Bitte?«

»In Wirklichkeit möchte Tante Marga hier nicht alleingelassen werden. Im Tageslicht denkt man sich nichts und findet es wunderbar, dass die nächsten Häuser so weit entfernt sind, aber nachts wollte ich auch nicht allein im Haus sein. Deshalb stellt sie die Fallen immer dann auf, wenn Onkel Rüdiger auf Sauftour gehen will.«

»Bei Neumond?«

»Ich habe nie auf die Mondphasen geachtet, wenn ich ehrlich bin. So oft war ich hier auch nicht zu Besuch. Das

113

sind ganz einfache Leute – liebenswert, aber leider nicht sonderlich intelligent. Tante Marga kann nicht sagen: Lass das Saufen, sonst bekommst du Leberzirrhose oder Magenkrebs. Stattdessen muss der böse Werwolf herhalten. Und der Gedanke an die Tellereisen hält Onkel Rüdiger vielleicht tatsächlich davon ab, so viel zu trinken, dass er ihnen nicht mehr ausweichen kann.«

»Reichlich kindisch! Und eine reichlich brutale Methode obendrein!«

In den frühen Morgenstunden schreckte ich hoch. War das nicht ein Heulen?

»Wahrscheinlich der Wind an einer Hausecke«, murmelte Tim schlaftrunken. Er hatte es also auch gehört. Ich drehte mich auf meine Lieblingseinschlafseite, aber da erklang es wieder. Diesmal lauter. Es schien näherzukommen.

»Fresse halten da draußen!«, rief Tim und knipste die Nachttischlampe an. »Halb fünf! Die spinnen ja wohl!«

»Es hört sich an wie Wölfe«, flüsterte ich erstaunt.

»Es hört sich an wie drei Suffköppe, die sich für wahnsinnig komisch halten. Dabei sind sie nur wahnsinnig und komisch.«

»Es klingt aber täuschend echt nach Wolf.«

»Blödsinn! Hier gibt es keine Wölfe.« Tim löschte das Licht. »Wenn die glauben, dass ich auf so was reinfalle, haben sie sich getäuscht. Wir ignorieren das und lassen sie heulen, bis sie heiser sind. Die wollen doch nur, dass wir das Fenster öffnen und nachschauen. Wir stellen uns aber schlafend und tun morgen am Frühstückstisch ganz harmlos: Nein, liebe Schwiegertante Marga, ich habe nichts gehört! Hast du was gehört, Anna-Lena?«

»Neiiiin, Tim, ich habe ganz fest geschlafen!«

»Na, dann gute Nacht! Hoffentlich wird denen das da draußen bald langweilig. Ich könnte gut noch eine Mütze voll Schlaf gebrauchen.«

Ich hatte wohl trotz des Lärms ein wenig geschlummert, denn ein besonders lautes Aufheulen weckte mich. Eine Geräuschquelle schien sich nun zu entfernen, aber eine andere wurde lauter und leiser. Lief da jemand heulend ums Haus? Hatte er keine schöneren Hobbys? An Schlaf war jedenfalls nicht mehr zu denken, und ich wurde langsam echt sauer. Neben mir gähnte Tim herzhaft. Auch er war wach.

»So ein bisschen gruseliges Ambiente ist ja ganz nett, und ich finde es auch witzig von Onkel Rüdiger, wie er sich für uns ins Zeug legt, aber warum muss das um diese Zeit sein?«, flüsterte ich.

Tim grunzte wütend. »Ich dachte ja immer, meine Verwandtschaft sei in Bezug auf Durchgeknalltheit nicht mehr zu toppen, aber deine gewinnt locker den Preiskuchen! Müssen wir echt bis Sonntag bleiben? Das hält man ja im Kopf nicht aus!«

»Wir können uns nach dem Mittagessen etwas hinlegen, wenn die beiden ihren Mittagsschlaf halten.«

»Die sollen nachts schlafen, dann brauchen sie in ihrem Alter keinen –« Ihm blieb der Rest des Satzes offensichtlich im Hals stecken, denn draußen wurde das Heulen nicht nur immer lauter und schauerlicher, sondern man hörte, wie mit Krallen oder Ähnlichem am Fensterladen im Erdgeschoss gekratzt wurde. Direkt unter unserem Fenster. Es klang erstaunlich echt. Dann kam ein merkwürdiges Geklapper. Kletterte da etwas am Regenrohr hoch?

»Das gibt's doch nicht! Spinnt der jetzt endgültig?« Tim knipste das Licht an, sprang aus dem Bett und lief in Richtung Fenster. Doch plötzlich hielt er in der Bewegung inne, denn von draußen hörte man einen Plumps und ein Aufheulen, das schauerlicher war als alles davor. Was war das nur? Mensch oder Tier? Tim und ich sahen einander ratlos an. War zwischendurch nicht auch ein Knurren zu hören? Ein seltsames Gefühl beschlich mich. Grauen? Eine undefinierbare Vorahnung? Irgendein unbeschreibliches Unheil schien sich zu nähern, aber es war nicht greifbar. Die Ritzen der Fensterläden verfärbten sich. War dies die Morgendämmerung? Oder leuchtete da draußen etwas?

»Was ist das?« Tim schaltete das Licht aus. Ich konnte sein aufgeregtes Atmen hören, und auch mir schlug das Herz bis zum Hals. Draußen ging das Geheul ununterbrochen weiter und zerrte langsam ernsthaft an meinen Nerven. Doch war da nicht auch ein Wimmern? Es wurde stärker, wie das Heulen schwächer wurde. Man konnte sogar einzelne Worte verstehen: »Hilfe«, »Scheiße« und »verdammter Mist«.

»Das scheint wirklich Onkel Rüdiger zu sein.« Ich schaltete meine Nachttischlampe ein und ging zum Fenster.

»Aber nicht doch, Teuerste!«, flötete Tim. »Obwohl die Gruselstorys weder Hand noch Fuß haben, mussten wir deiner Tante Mager-Mind in die Hand versprechen, uns bis ans Ende unserer Tage zu verbarrikadieren. Du wirst doch diesen Schwur nicht brechen wollen.«

»Ich breche hier gleich was ganz anderes!«

»Was denn?«

»Erst in Tränen aus und dann aus dem Fenster!« Schwungvoll öffnete ich Fensterflügel und Läden und blickte nach unten. Im Licht der Morgendämmerung konnte ich das Häufchen Elend nur schemenhaft erkennen, aber die Stimme war unverwechselbar.

»Anna-Lena, meine Schöne! Sag doch bitte deiner Tante, dass ich hier auf sie warte. Sei so gut, mein Kind!«

»Bist du verletzt?«

»Aber nein! Ich sitze hier nur so gemütlich und freue mich auf den Sonnenaufgang.«

Langsam wurde mir die Komödie zu bunt. Während Tim in gehässiges Gelächter ausbrach, ging ich über den Gang und klopfte an die Schlafzimmertür unserer reizenden Gastgeber. »Tante Marga! Aufwachen! Onkel Rüdiger möchte gern mit dir unter unserem Fenster im Dreck und auf verbotenen Gegenständen sitzen und den Sonnenaufgang bewundern. Beeil dich!« Auf meinem Weg zurück ins Zimmer huschte sie erstaunlich leichtfüßig an mir vorbei, und wenn ich mich nicht täuschte, war das, was sie vor mir verbergen wollte, ein Erste-Hilfe-Kasten.

Tim hatte sich inzwischen angezogen und folgte ihr. Sicherlich konnte man ein weiteres Paar Hände gut gebrauchen, wenn es darum ging, Onkel aus illegalen Tierfallen zu befreien und ins Haus zu verfrachten.

»Du musst zum Arzt«, stellte ich später beim Anblick der tiefen Wunde und der blutigen Handtücher lapidar fest. »Keine Widerrede! Tim fährt dich hin. Und ich sammle derweil die Mordinstrumente ein, damit es nicht noch Tote gibt. Ihr habt ja nicht mehr alle Tassen im Schrank! So ein Schmierentheater aufzuführen!« Ich nahm den Schürhaken vom Kaminofen und löste draußen nacheinander alle Fallen aus.

Als ich zu der unter unserem Fenster kam, erblickte ich in der Blutlache Haare.

Dicke, wolfsgraue Fellbüschel klebten an der Falle.

Mein kleines Fleckchen Erde

Es war stockdunkel, als ich plötzlich aus meinem traumlosen Schlaf hochschreckte. Im ersten Moment wusste ich gar nicht, wo ich war, aber dann fiel es mir wieder ein. Ich dehnte und reckte meine Glieder und blieb einfach noch ein bisschen liegen, um erst einmal richtig wach zu werden. Mein Zeitgefühl sagte mir, dass es noch früh war.

Nach dem Aufstehen gab es für mich nichts Besseres als körperliche Arbeit, um so richtig in Schwung zu kommen. Ich begann also mit den alljährlichen Grabarbeiten auf dem kleinen Stückchen Erde, das ich mein Eigen nannte. Der Lehm war feucht und ließ sich nur schwer bewegen. Ich kam ganz schön aus der Puste. Natürlich hatte ich wieder vergessen, mir endlich mal eine vernünftige Schaufel zu besorgen. Jedes Jahr ärgerte ich mich mit diesem alten Grabstock herum und schwor hoch und heilig, dass es das letzte Mal war. Aber dann passierte immer so viel und ich dachte nicht mehr daran, um mich beim nächsten Mal wieder herumzuärgern.

Nach einer Weile hatte ich es endlich geschafft und legte eine Verschnaufpause ein. Gegenüber stand Herr Lehmann etwas erschöpft und ratlos auf seiner Parzelle und winkte mir zu, als er mich entdeckte. Er machte seinem Namen mal wieder alle Ehre, denn er war von Kopf bis Fuß mit Erde beschmiert. Da meine Arbeit vorerst erledigt war, ging ich zu ihm hinüber, um ein kleines Schwätzchen zu halten.

»Herr Lehmann, schön, Sie zu sehen!«

»Schönes Wetter heute, nicht wahr?« Er verbeugte sich – ganz Kavalier der alten Schule – und strahlte mich an. »Ich freue mich sehr, Sie nach so langer Zeit endlich mal wieder zu treffen. Sie sehen blendend aus und werden von Mal zu Mal hübscher!«

Ich gab ihm die Hand, die er mit etwas zu viel Begeisterung schüttelte, sodass mich die vom Graben ohnehin etwas überanstrengten Fingergelenke schmerzten, und schenkte ihm ein strahlendes Lächeln: »Sie sind ein unverbesserlicher Charmeur! Die Jahre sind leider nicht spurlos an mir vorübergegangen – von meiner Kleidung ganz zu schweigen!«

»Aber, aber, meine Liebe! Sie haben an Gewicht verloren, wenn ich mir die Bemerkung erlauben darf. Und das braune Lochmuster steht Ihnen hervorragend!« Plötzlich blickte er völlig überrascht über meine linke Schulter, und ich drehte mich um. Ein junges Mädchen stand dort auf ihrem kleinen Stückchen Land und sah sich unsicher um.

»Onkel Ewald!«, rief sie und lief auf uns zu.

»Corinna!«, stammelte Herr Lehmann und breitete seine Arme aus, in die sie sich schluchzend warf. »Mein kleiner Liebling! Ich habe nicht damit gerechnet, dich heute hier wiederzusehen. Ich weiß zwar, dass du jetzt auch hier wohnst, denn mir fiel bei unserer letzten Versammlung das kleine Messingschild mit deinem Namen auf, aber ich nahm an, dass du deine Ruhe genießt und dich nicht an unseren Aktionen beteiligst.«

»Ich wollte ja kommen, aber es war alles so neu und ungewohnt. Deshalb schaffte ich es nicht mehr rechtzeitig. Diesmal war ich besser vorbereitet. Ach, Onkel Ewald! Ich bin so froh, dich zu sehen!«

Ich fühlte mich als Zaungast dieser innigen Szene ein wenig unwohl und war gerade im Begriff, mich diskret zurückzuziehen, als sich Herr Lehmann zu mir umdrehte: »Meine Liebe, darf ich Ihnen meine Großnichte Corinna Lehmann vorstellen? Corinna, das ist Frau Ernst von Gegenüber.«

Wir gaben uns freundlich lächelnd die Hand und tauschten die üblichen Floskeln aus. Aus den Augenwinkeln konnte ich beobachten, wie auch die anderen Nachbarn so nach und nach aus ihren Löchern gekrochen kamen.

»Wie geht es denn nun weiter?«, wandte sich Corinna an ihren Großonkel. »Ich kenne nur diesen unbändigen Durst nach Rache, der mich bereits im letzten Jahr um diese Zeit überkam, und den ich auch vorhin wieder fast schmerzhaft spürte. Er lässt mir keine Ruhe!«

Traurig blickte Herr Lehmann ihr in die leeren Augenhöhlen. »Wir alle spüren ihn. Nichts kann ihn löschen – nur die Rache selbst. In der Vergangenheit versuchte jeder von uns, diesen Drang planlos und völlig unstrukturiert auszuleben, um endlich die verdiente Ruhe zu finden. Aber es half nichts. Erst als wir begriffen, dass nur gezielte Aktionen zum gewünschten Erfolg führen, schlossen wir uns zu einer Zweckgemeinschaft zusammen und planen unsere Einsätze systematisch durch. Wir konnten seither die Effektivität unseres Handelns jedes Jahr um etwa drei Prozent steigern.«

»Ihr Großonkel hat dabei einen beachtlichen Anteil an unserem Erfolg!«, warf ich ein. »Wir sind ihm zu großem Dank verpflichtet!«

»Ach, meine Liebe, Sie übertreiben!«, antwortet Herr Lehmann sichtlich geschmeichelt. »Ohne ihre freundliche Unterstützung wäre ich mental gar nicht in der Lage gewesen, mich gegen all die blödsinnigen Vorschläge gewisser Zeitgenossen durchzusetzen. Dieses unstrukturierte Leuteerschrecken erfreute sich großer Beliebtheit, obwohl es uns nachweislich nicht die gewünschte Ruhe brachte. Erst als wir es auf meine Anregung hin mit gezielten Mordanschlägen auf die Personen, die unseren Tod verschuldet hatten, versuchten, kam endlich der Durchbruch. Leider hat man mir inzwischen das Heft aus der Hand gerissen, und es fällt mir wieder schwerer, kleine Verbesserungen durchzusetzen. Aber ich bin eben nicht der Typ, der die Massen begeistern kann, und wirke lieber im Verborgenen.«

»Ja, Herr Siegmund ist eine wahre Landplage!«, stimmte ich ihm zu. »Ich habe keine Ahnung, warum ihm die Leute so zu Füßen liegen. Außerdem verlieren wir durch diese ewigen Diskussionen viel Zeit. Wir könnten in den paar Stunden, die uns pro Jahr zur Verfügung stehen, viel mehr erreichen, wenn er nicht ständig jedes kleinste Detail ausdiskutieren und an allem herumkritisieren würde. Natürlich müssen wir vor den Einsätzen gründlich recherchieren, wer für wessen Tod verantwortlich ist. Durch die Neuzugänge erhalten wir jedes Jahr wertvolle Informationen über die Entwicklungen nach einem Todesfall und können manchmal sogar Altfälle lösen. Aber seine Rechthaberei ist einfach nervtötend und lenkt zudem vom eigentlichen Ziel ab. Aber wir haben alle ein schlechtes Gewissen ihm gegenüber, weil er der Einzige von uns ist, der niemals seine Ruhe finden wird.«

Corinna sah uns erschrocken an, und Herr Lehmann beeilte sich, den Grund zu erklären: »Siehst du das Mausoleum dort drüben, mein Kind? Dort liegt Herr Siegmund das Jahr über begraben. Wir anderen können immerhin darauf hoffen, dass unsere Gräber nach Ablauf der Liegezeit abgeräumt und unsere Gebeine verbrannt werden, um endlich Ruhe zu finden. Die kleinen Racheausflüge zu Halloween verkürzen also nur die Wartezeit auf etwas, was auf jeden Fall irgendwann eintreten wird. Aber seine Gebeine werden wohl frühestens beim Untergang der jetzigen Zivilisation zerstört werden. Und momentan sieht es nicht danach aus. Obwohl er, seit ihm von Trumps Präsidentschaft berichtet wurde, etwas optimistischer wirkt, finde ich. Aber das kann auch täuschen, und es ist nur eine seiner üblichen Launen.«

»Aber ist es denn so aussichtslos, dass man den für seinen Tod Verantwortlichen irgendwann doch noch finden und töten kann?«

»Nun, ja, das geht leider nicht.« Herr Lehmann seufzte, und ich schaute auch ein wenig verschämt zu Boden. »Das war ein typischer Anfängerschnitzer. Ein paar von uns waren der Ansicht, dass Herr Siegmund sie zu Lebzeiten durch Nervereien und Psychospielchen ins Grab gebracht hatte, und erwürgten ihn gemeinsam in seinem Bett. Aber am nächsten Halloween fanden sie noch immer keine Ruhe, und Herr Siegmund war plötzlich mitten unter uns, weil er ja durch fremde Schuld zu Tode gekommen war. Er kann aber seinen Durst nach Rache nicht stillen, weil seine Mörder zur Tatzeit bereits verstorben gewesen waren. Jetzt rächt er sich an uns allen, indem er uns wortwörtlich auf den Geist geht. Für dieses Problem will mir einfach keine Lösung einfallen, so sehr ich auch darüber nachgrüble.«

»Irgendwie traurig«, murmelte Corinna.

»Warte erst einmal ab. Vielleicht änderst du deine Meinung, wenn du ihn gleich kennenlernst«, erlaubte ich mir zu scherzen, aber der Witz ging daneben, denn Herr Lehmann sah mich nur sorgenvoll an und wandte sich dann wieder an das Mädchen: »Wer ist eigentlich an deinem frühen Tod schuld? Verzeih mir, dass ich bisher keine Betroffenheit gezeigt habe. Die Wiedersehensfreude war einfach zu groß. Du bist eben meine Lieblingsgroßnichte. An diesem Ort verschieben sich die Gefühle und Ansichten mit der Zeit. Du wirst dich da sicher bald daran gewöhnen. Ich hatte nicht damit gerechnet, dich während meiner Liegezeit hier anzutreffen, und vergaß deshalb ganz, wie jung du noch bist.«

»Discounfall. Ich hätte nicht zu dem besoffenen Angeber ins Auto steigen sollen, aber ich hatte den letzten Bus verpasst. In der Linkskurve kurz vor dem Ortseingang hat er mich derb begrapscht und konnte mit der linken Hand das Steuer nicht mehr halten. Und so krachten wir voll gegen den Strommast. Muss ich ihn jetzt echt umbringen? Eigentlich bin ich auch ein bisschen selbst schuld.«

»Niemand muss den Verursacher seines Todes umbringen«, dozierte Herr Lehmann. »Alles geschieht auf freiwilliger Basis! Frau Ernst hier zum Beispiel begnügt sich damit, die Schuldige einmal im Jahr kräftig zu erschrecken.«

»Tatsächlich?«, fragte sie mich mit erstaunten Augenhöhlen. »Aber dann finden Sie doch keine Ruhe, oder?«

»Ach, mir reicht das«, antwortete ich ein wenig verschämt. »Ich bin eben so ein bisschen der unentschlossene Typ. Außerdem ist es hier eigentlich ganz nett, und man weiß ja nie, was nachkommt. Und ich war auch mein Leben lang ständig müde und schlief viel. Da ist die Sehnsucht nach Ruhe jetzt gar nicht mehr so groß. Mir reicht es, meinen Rachedurst durch Spukereien zu löschen. Sie hat den von ihr auf der Treppe verschütteten Joghurt ja aus Faulheit nicht weggewischt, und nicht aus Bosheit. Weil sie nämlich ein dummes, faules Miststück ist, das immer nur an sich denkt, und dem andere Menschen, die müde sind, weil sie früh aufstehen müssen, und deshalb auch mal spät dran sind, einfach schnurzegal sind.« Ich hatte mich plötzlich in Rage geredet. Die Rachegelüste, die ich aus meinem Leben nicht kannte, ergriffen Besitz von mir, und Herr Lehmann warf mir einen lauernden Blick zu: »Na, werden Sie die Dame vielleicht doch dieses Jahr töten?«

»Mal sehen«, keuchte ich wütend. »Ich will mich mal lieber nicht festlegen.«

»Tja!«, Herr Lehmann klatschte in die Hände, dass es nur so klapperte. »Wir müssen los. Die anderen versammeln sich auch so langsam beim Mausoleum. Herr Siegmund bereitet sicher schon seinen großen Auftritt vor. Corinna, mein Liebling, lass dich von ihm nicht unterkriegen. Er und Herr Matteis haben eine unmögliche Art, Neulinge bei der Befragung als Idioten hinzustellen. Lass dich einfach nicht provozieren. Niemand zwingt dich zu antworten, wenn es dir zu blöd wird.«

Von allen Seiten kamen die Untoten zum Mausoleum geströmt. Von Herrn Siegmund war aber noch nichts zu sehen. Wir begrüßten einander, und es herrschte allgemein eine Mischung aus freudigem Wiedererkennen und Rachegelüsten. Ich unterhielt mich angeregt mit Gerlinde und Martina, die ich von früher kannte, und wir lästerten wie jedes Halloween über Paulines Brautkleid, das zwar von Jahr zu Jahr schmutziger wurde, aber noch immer nicht verrottete. Dabei hatte sie damals bei ihrer Hochzeit überall herumerzählt, es sei aus echter Seide. Wir nannten sie deshalb hinter vorgehaltener Hand nur noch Polyester-Polly.

»Tja, er hat sie nicht nur kurz vor dem ersten Hochzeitstag beim Fensterputzen hinausgeschubst, sondern sie danach auch noch nach Strich und Faden blamiert, indem er den trauernden Witwer spielte und sie in ihrem Brautkleid beerdigen ließ. Lügen haben eben kurze Beine«, sagte Martina zum gefühlt hundertsten Mal.

»Ob sie es dieses Jahr endlich zugibt, dass er sie ermordet hat? Oder behauptet sie wieder, er habe nur das Geleichgewicht verloren und sie aus Versehen von der Leiter geworfen?«, kicherte ich, und Gerlinde lachte, dass die Rippen klapperten: »Es wäre aber doch schade, wenn wir durch eine

Racheaktion den zehnten Jahrestag des ›Seidenkleides‹ nicht miterleben dürften.«

»Also gebe wir ihr wieder scheinheilig recht, wenn sie ihren Selbstbetrug ein weiteres Mal aufwärmt?«, fragte ich. Gerlinde konnte vor Lachen kaum sprechen und japste nur: »Das müsst ihr machen! Ich könnte bestimmt nicht ernst bleiben.«

Plötzlich verstummten nach und nach die meisten Gespräche und fast alle Blicke wandten sich zum Mausoleum, aus dem ein Gerumpel und Gekeuche zu hören war. Ein paar Untote sprangen eilfertig herbei und halfen Herrn Siegmund, die schwere Platte beiseitezuschieben. Es war mir wie immer in Rätsel, wie ein Gerippe sich aufblasen kann, aber vor uns stand der untote Beweis, dass es möglich war. Nur ein paar Untote quatschten unentwegt weiter, was ihn sehr zu ärgern schien, denn er machte auf dem imaginären Absatz kehrt und quengelte: »Wenn ich hier nicht gebraucht werde, kann ich ja wieder gehen!«

Herr Lehmann versuchte zu beschwichtigen: »Hallo Herr Kaiser! Liebe Frau Maier! Wir möchten gerne unsere diesjährige Versammlung eröffnen.« Die Angesprochenen verstummten, und Herr Matteis legte mit einem gehässigen Seitenblick nach: »Die Inkompetenten sollten bei wichtigen Diskussionen besser den Mund halten.«

Das konnte Herr Kaiser natürlich nicht auf sich sitzen lassen. »Wer ist hier inkompetent? Ich gab nach meiner Ankunft den entscheidenden Hinweis, dass Herr Becker von seiner Frau umgebracht worden sein könnte ...«

»Worden sein könnte«, rief Herr Matteis dazwischen. »Wenn ich das schon höre! Herr Siegmund schiebt nach jedem unserer Halloweenausflüge die Erde und die Bepflanzung auf unseren Gräbern wieder zurecht und muss deshalb ganz alleine für die korrekte Position seiner Grabplatte sorgen. Es wäre schön, wenn andere auch so wertvolle Beiträge zur Allgemeinruhe beisteuern würden.«

»Allgemeinruhe?«, kreischte da Frau Maier, die sich schnell provozieren ließ. »Was haben Sie denn zur Allgemeinruhe beigetragen, Herr Matteis? Sie sorgen doch immer nur für Unruhe bei unseren Versammlungen!«

Herr Matteis setzte sein typisches Lächeln auf, das durch seine dahinschwindenden Lippen auf mich von Jahr zu Jahr überheblicher wirkte: »Sie sind zu kurz dabei, um das beurteilen zu können!«

»Jetzt reicht's. Wir ziehen unser Ding alleine durch!«, flüsterte eine Stimme hinter mir. Ich drehte mich um, und Herr Lehmann fuhr fort: »Das geht bestimmt noch endlos so weiter und führt doch zu nichts. Ich habe Lothar, dem Sohn meines früheren Nachbarn, versprochen, dass wir uns dieses Jahr auf jeden Fall seines Problems annehmen werden. Und das tun wir jetzt. Sind Sie dabei?«

»Gerne! Alles besser als das hier!«, antwortete ich erfreut und gönnte den Streithähnen weder Gruß noch Blick, als ich mich mit ihm davonschlich.

Hinter der Friedhofsmauer warteten die anderen Verschwörer auf uns: Gerlinde, Martina, Corinna und ein schüchtern wirkender Untoter, der einen recht jugendlich-unbeholfenen Eindruck machte, dessen Sterbealter aber aufgrund seines fortgeschrittenen Verwesungszustandes schwer zu schätzen war. Er wurde mir als Lothar Genther vorgestellt und schüttelte mir – wohl aufgrund meines aufmunternden Lächelns – so enthusiastisch die Hand, dass Elle und Speiche aneinanderschlugen.

»So! Bevor wir starten, weihe ich Sie noch schnell in meinen Plan ein«, flüstere Herr Lehmann. »Wir brechen bei

Lothars Eltern ein, ersticken seinen Vater leise im Schlaf und hoffen, dass die Mutter nicht aufwacht.«

»Guter Plan!« Gerlinde strahlte.

Aber Martina schien genauso entsetzt zu sein wie ich. »Seinen Vater?«, rief sie.

»Pst!«, machte Corinna, aber es war unnötig, denn der Streit am Mausoleum hatte inzwischen eine Intensität und Lautstärke erreicht, dass niemand uns hören konnte. Selbst wenn wir laut schmutzige Lieder grölend Stepptanz geübt hätten, hätte sich sicherlich niemand zu uns umgedreht.

»Ja, seinen Vater«, wiederholte Herr Lehmann. »Der olle Stinkstiefel hatte all die Jahre nichts Besseres zu tun, als seinen einzigen Sohn zu quälen und zu piesacken, bis dieser keinen anderen Ausweg mehr sah. Sollte sein Tod nicht reichen, ist nächstes Jahr auch noch die Mutter dran, die die ganze Zeit weggesehen hatte.«

»Wollen Sie das wirklich?«, fragte ich Lothar, und der junge Mann nickte und flüsterte kaum hörbar: »Er war ein Monster und kein Vater. Ich erhängte mich, um endlich Ruhe vor ihm zu haben. Aber hier halten mich der Hass und der Drang nach Rache wach. Dabei bin ich so müde – so unendlich müde.« Er wandte sich an Herrn Lehmann. »Werden Sie mir helfen? Ich weiß nicht, ob ich das alleine schaffe!«

»Natürlich helfe ich dir, mein Junge!«, er klopfte ihm aufmunternd aufs Schlüsselbein. »Ich würde ihm sogar mit Vergnügen selbst den Hals umdrehen, denn er stiftete ständig Unfrieden in der Nachbarschaft. Aber du weißt ja, dass es noch nicht endgültig erwiesen ist, ob die Rache dann auch wirklich wirkt. Wenn du auf Nummer sicher gehen möchtest, sollten wir es zumindest zusammen tun.«

»Ich werde mir große Mühe geben!«, antwortete Lothar mit – wohl vor Aufregung – ganz heiserer Stimme.

Wir zogen los, um den Plan in die Tat umzusetzen. Herr Lehmann und Lothar gingen voraus, weil sie den Weg kannten, und da auf dem schmalen Bürgersteig nicht genug Platz war, folgten wir ihnen paarweise wie beim Kindergartenausflug.

Als wir schon fast die Luisenstraße erreicht hatten, in der Lothars Eltern wohnten, kam uns auf der Hauptstraße ein Auto entgegengerast. Ich werde niemals, so lange ich untot bin, seine angsterfüllten Augen vergessen, als der Fahrer uns erblickte und den Wagen gegen eine Laterne krachen ließ. So ganz verstehen konnte ich diese Reaktion nicht. Gut, einen Schönheitspreis hätten wir sicherlich nicht gewonnen, aber bevor man andere verurteilt, sollte man erst einmal selbst in den Spiegel schauen. Und wie er da so halb aus der Windschutzscheibe heraushing und die Kühlerhaube vollblutete, hatte er wirklich keinen Grund, auf sein Aussehen stolz zu sein.

»War wohl nicht angeschnallt«, konstatierte Herr Lehmann. »Los! Schnell weiter! Bevor die ersten Rollläden hochgezogen werden!« Wir rannten um die Ecke und versteckten uns fürs Erste in einer Toreinfahrt.

»Sollten wir ihm nicht helfen?«, fragte Martina, aber wir anderen lachten nur.

»Wie denn?« Ich kicherte klappernd. »Kannst du Mund-zu-Mund-Beatmung?«

»Oder haben sie dir dein Handy mit ins Grab gelegt?«, prustete Gerlinde. »Dann könnten wir den Notruf wählen, während du mit deinen spitzen Knochen bei der Herzmassage seine Brust perforierst. Der Notarzt wird Augen machen.«

»Dem kann keiner mehr helfen«, bemerkte Herr Lehmann völlig emotionslos. »Wenn wir hier laut um Hilfe schreien, erschrecken wir höchstens noch einen Anwohner zu Tode. Einer der Schaulustigen wird hoffentlich nicht nur gaffen, sondern auch einen Krankenwagen rufen.«

Da es in der Luisenstraße ruhig blieb, und nur von der Hauptstraße ein paar aufgeregte Stimmen zu hören waren, gingen wir beschleunigten Schrittes weiter zum Haus mit der Nummer 48. Lothar zog einen Schlüssel aus einer Blumenampel und schloss leise die Haustür auf. Wir versammelten uns im Hausflur, während Herr Lehmann ein Sofakissen aus dem Wohnzimmer holte, und Lothar eine Taschenlampe aus der obersten Schublade des Schuhschranks nahm und Gerlinde gab.

Dann schlichen wir alle die Treppe hoch und versammelten uns vor dem Bett der Zielperson. Lothar versteckte sich hinter uns, und ich hörte seine Zähne klappern. Was nun? Wir konnten ihm ja schlecht gut zureden, denn ein Flüstern hätte seine Mutter wecken können. Herr Lehmann wartete mit erhobenem Kissen und ungeduldigem Blick am Kopfende. Er hätte das natürlich alleine durchziehen können. Aber das hätte womöglich zur Folge gehabt, dass Lothars Vater beim nächsten Mal zu uns Untoten gehört hätte. Der Autofahrer von vorhin reichte uns aber schon als Neuzugang. Wir wollten durch diese Aktionen ja weniger und nicht mehr werden.

Ich drehte mich zu Lothar um und versuchte, ihn vorsichtig Richtung Bett zu schieben. Er hatte sich jedoch stocksteif gemacht und fiel einfach nur scheppernd gegen das Fußende des Bettes und mit dem Oberkörper auf seinen schlafenden Vater, der exakt in dem Moment aufwachte, als Gerlinde erschrocken den Lichtkegel auf Lothar richtete, um erkennen zu können, was da passiert war.

Lothars Vater stieß ein schwaches Keuchen aus, hob seinen Kopf, blickte erstaunt in die Runde und ließ bei Herrn Lehmanns Anblick den Kopf zurück auf das Kissen fallen. Sein Blick war starr. Herr Lehmann befühlte den Hals des Mannes.

»Kein Puls. Los! Lasst uns abhauen!«, flüsterte er. Martina und ich griffen dem zitternden Lothar links und rechts unter die Achseln und lotsten ihn die Treppe hinunter. Draußen in der Toreinfahrt brach der arme Kerl in Tränen aus: »Ich hab's vermasselt! Es tut mir so leid!«

»Aber, aber, mein Junge! Das war perfekt! Er hat dich ganz klar sehen können, bevor ihn der Schlag traf. Das war ein Volltreffer! Fühlst du schon die Ruhe?«

Lothar rieb sich die Augenhöhlen: »Ja. Ein bisschen. Zumindest spüre ich keinen Rachedurst mehr.«

»Na, also! Dann können wir uns ja dem nächsten Punkt auf der Liste zuwenden. Wie sieht's mit dir aus, Corinna? Sollen wir dem Discoraser den Hals umdrehen oder nur einen Schrecken einjagen?«

»Nicht mehr nötig«, erwiderte sie mit einer merkwürdig ruhigen Stimme. Wir sahen sie alle verwundert an. Mir fiel plötzlich auf, dass sie schon die ganze Zeit nichts mehr gesagt hatte.

»Wisst ihr«, fuhr sie fort, »ich erkannte vorhin sofort das Nummernschild, als er auf uns zukam. Er sah mir direkt in die Augenhöhlen. Und jetzt ...« Sie stockte.

»Und jetzt bist du nur noch müde, nicht wahr?«, vervollständigte Martina den Satz. »Herzlichen Glückwunsch zur Ruhe!«

Wir alle beglückwünschten Corinna zu ihrer Ruhe, und Herr Lehmann fragte sie: »Hältst du noch ein bisschen durch, damit Frau Ernst ihre frühere Nachbarin erschrecken kann, oder sollen wir dich vorher ins Grab bringen?«

»Ach, nein, so müde bin ich dann doch nicht.« Sie wandte sich an mich: »Sie können gerne noch erschrecken gehen, wenn es Ihnen nichts ausmacht, dass ich lieber draußen warte.«

»Martina und ich bleiben auch besser bei dir und Lothar« erklärte ihr Gerlinde. »In eurem Zustand können wir euch nicht allein lassen. Herr Lehmann kann Frau Ernst ja begleiten.«

Wir wählten einen Umweg über die Jägerstraße, weil auf der Hauptstraße mit einer Ausnahme noch das volle Leben tobte. Das Blaulicht wurde von den weißen Hauswänden reflektiert und man konnte das Stimmengewirr bis zu uns hören. In der Lutherstraße fiel mir auf, dass wir immer langsamer wurden. Erst dachte ich mir nichts dabei und nahm an, dass Lothars Müdigkeit uns alle ausbremste, aber als wir dann vor dem Haus standen, in dem ich vor meinem Tod gewohnt hatte, bemerkte ich, dass Herr Lehmann ebenfalls sehr ruhig und in sich gekehrt wirkte.

»Was ist mit Ihnen?«, sprach ich ihn direkt darauf an. »Sie wirken plötzlich so müde und verdächtig ruhig.«

Er sah mich ganz entgeistert an, dachte kurz nach und erwiderte: »Ich weiß auch nicht, was mit mir los ist. Ich selbst habe doch eigentlich keine Rache genommen. Denn ich weiß ja gar nicht, wer mir damals den Böller in den Briefkastenschlitz gesteckt und meinen Herzinfarkt verschuldet hat.«

»Vermutlich Ihr Nachbar oder Corinnas Bekannter«, erwiderte ich trocken, und alle lachten.

»Stimmt!« Herr Lehmann kicherte vergnügt. »Das wäre eine Erklärung. Kommen Sie allein zurecht, meine Liebe?«

»Aber klar doch!«, antwortete ich, denn mittlerweile war das reine Routine. Wir holten aus dem unverschlossenen Geräteschuppen auf dem Nachbargrundstück eine Leiter und ein Brecheisen. Martina hielt die Leiter fest, während ich zum Balkon meiner ehemaligen Nachbarin hinaufstieg, und Gerlinde ein Auge auf die drei Schlafmützen hatte, die wir zur Sicherheit auf dem Nachbargrundstück zurückgelassen hatten. Ich hebelte die Balkontür auf, ging ins Schlafzimmer, schaltete das Licht ein und rief laut: »Du fruchtjoghurtfressendes Riesenfaultier! Weißt du, wie es sich anfühlt, wenn man morgens um sechs Uhr fünfundvierzig auf einer Erdbeerimitation aus Fruchtresten und Gelatine ausrutscht und sich das Genick bricht? Nein? Aber ich!«

Das hatte gesessen, denn sie blickte mich aus weit aufgerissenen Augen starr vor Schreck an. Der noch weiter aufgerissene Mund brachte ihre ganze Dämlichkeit zum Ausdruck. Ich schleuderte ihr noch ein hasserfülltes »Ha!« entgegen, zeigte ihr die Mittelfingerknochen, weil ich den Rest der geplanten Ansprache vergessen hatte, verließ schleunigst die Wohnung und stieg hinunter. Als Martina und ich die Leiter und das Brecheisen ordentlich im Schuppen verstauten, fiel mir wieder ein, dass ich sie eigentlich noch hatte fragen wollen, ob sie wisse, wie sich ein Putzlappen anfühlt, aber so verschob ich es eben auf das nächste Jahr.

Der Rückweg war natürlich sehr anstrengend. Wir hatten nicht mit einer so großen Anzahl von Ruheständlern gerechnet, da wir uns ja eigentlich nur um Lothars Anliegen hatten kümmern wollen. Zu fünft einen müden Sechsten nach Hause zu schleifen, wäre überhaupt kein Problem gewesen, aber so kam auf einen munteren Untoten ein Ruhefinder, und das war eine echte Herausforderung! Zum Glück hatte sich Gerlinde bereit erklärt, Herrn Lehmann zu stützen, den schwersten von den Dreien. Ich hatte aber mit Lothar auch genug zu tun, der mir, als der Friedhof schon in Sicht war, endgültig einschlief. Ich war gezwungen, ihn im Rettungsgriff und Rückwärtsgang zu seinem Grab zu schleifen. Martina ging es mit Corinna genauso, und ich bereute den Abstecher mit meiner albernen Racheaktion, die eigentlich nur meiner persönlichen Eitelkeit gedient hatte, denn meine Situation hatte sich dadurch ja in keiner Weise geändert.

Vom Mausoleum drang noch immer ein aufgeregtes Stimmengewirr zu uns herüber, das Herrn Lehman ein müdes Lächeln entlockte. Schlaftrunken flüsterte er:»Man mag es kaum glauben, aber diesmal haben sie den Vogel abgeschossen. Die Nacht ist fast vorbei, bald stehen die ersten Lebenden auf, und die Deppen haben die ganze Zeit nur herumgestritten.«

Wir rüttelten die zwei Schlafmützen wach, und wir alle verabschiedeten uns voneinander mit unzähligen Umarmungen, gegenseitigen Dankesbekundungen und ausgiebigem Händeschütteln. Da Lothars Ruhestätte am nächsten lag, brachten wir ihn als Ersten ins Grab. Wir füllten sein Schlupfloch sorgfältig mit Erde und arrangierten die Stiefmütterchen nach unserem Gutdünken. Ebenso verfuhren wir mit Corinna und Herrn Lehmann. Als ich die letzte Heidepflanze auf seinem Grab in die Erde drückte, wurde mir sehr wehmütig ums Herz. All die Jahre hatten wir Halloween immer zusammen verbracht. Er hatte die Rache in geordnete Bahnen gelenkt, und ich hatte sehr viel von ihm gelernt. Ich fragte mich, ob ich der Joghurtziege das nächste Mal nicht doch besser ein Kissen aufs Gesicht drücken sollte.

»Ohne ihn macht Halloween bestimmt nur noch halb so viel Spaß. Aber du bleibst uns doch auch in den kommenden Jahren erhalten, oder?«, hörte ich Martinas Stimme hinter mir, als hätte sie meine Gedanken erraten. Ich richtete mich auf und lächelte sie an.

»Wenn du nächstes Jahr Rache übst, dann kannst du doch Polyester-Pollys Kleid nicht mehr bewundern!« Gerlinde grinste mich an.

»Zum Glück muss ich das nicht jetzt entscheiden«, antwortete ich. »Vielleicht gibt es nächstes Jahr einen interessanten Neuzugang. Dann siegt bestimmt meine Neugier über den Rachedurst und das Ruhebedürfnis.«

Wir lachten, und Martina fragte: »Was ist? Wollen wir zu den anderen stoßen und herausfinden, ob sie schon die alten Geschichten von vor zehn Jahren aufwärmen oder noch bei den gegenseitigen Schuldzuweisungen sind?«

Gerlinde zeigte sich begeistert von dem Plan, aber ich war erschöpft von dem harten Knochenjob und verabschiedete mich. Erst als ich schon bequem in den Resten meines Sargs lag, und Martina und Gerlinde über mir aufgeräumt hatten, fiel mir wieder ein, dass ich mir ja für nächstes Jahr eine kleine Handschaufel hatte besorgen wollen.

Bereits erschienen:

Gut gelaufen, Thisbe!

Ida Obersteyns Tagebuch 2011
Eine Satire

Aus einem Interview mit Ida Obersteyn vom 13.2.2012:
»(...) Als Mutter von sechs Kindern bin ich natürlich automatisch eine Multitasking-Expertin. Anders könnte man eine so große Familie auch gar nicht so erfolgreich managen. Ich kann zum Beispiel gleichzeitig die Spülmaschine laufen lassen, mit einer Freundin telefonieren, auf ein Paket warten, die Wäsche trocknen, die Fertigpizza im Ofen backen, unsere große Tochter beim Putzen beaufsichtigen und den Zwillingen über die Köpfchen streichen, wenn sie an mir vorbeirennen. Mein Mann kann immer nur eine Sache auf einmal. Männer sind eben vom Mars und wir Frauen vom Vesuv. (...)«

Broschiert – 168 Seiten – ISBN 978-3-8448-1891-8 und als E-Book

Neues von der Fratze mit Hut

Satiren

Wie wehrt man sich gegen die gutgemeinten Ratschläge seiner Mitmenschen? Wie kann man seine wahren Gefühle vor der Umwelt verbergen und höflich bleiben? Warum wird man von seinem Umfeld meistens nicht ernst genommen?

Dieses Buch gibt leider auch keine Antworten auf solche essenziellen Fragen. In dieser Satire kämpft eine erfolgreich erfolglose Hobbyautorin mit den Widrigkeiten des Alltags, den kreativen Ratschlägen ihrer resoluten Nachbarin und ihrer eigenen Naivität und Fantasie. Zum Glück gibt es in ihrem Leben einen Fels in der Brandung in Form eines Ehemanns, der gar nicht versteht, was das Problem ist ...

Eine Satire zum Schmunzeln, Lachen, Verschenken und Nachbarn-Wiedererkennen.

Broschiert – 160 Seiten – ISBN 978-3-7386-0025-4 und als E-Book

150 Limericks

Eine Reise durch Deutschland

Ein Buch zum Lesen, Verschenken und An-die-Wand-prügeln.
Die Reise von Aachen nach Zwickau in genau 150 Limericks.
Unterwegs trifft man in Städten und Dörfern Leute wie diese:

Den Nachbarn Hans-Otto aus Biberach,
den hielt immer nächtens ein Biber wach.
Statt Gift zu kaufen,
geht er nun saufen
und macht jetzt nachts selbst noch viel lieber Krach.

Es kann sich ein Dackel aus Oberhausen
vor harmlosen Tierärzten so sehr grausen.
Er jault dann immer
im Wartezimmer.
Dabei will man nur seinen Po entlausen.

Broschiert – 56 Seiten – ISBN-13: 978-3-8482-2790-7 und als E-Book

Die Fratze mit Hut dichtet dich dicht

Satirische Gedichte

Eine Sammlung von humoristischen Gedichten zum Schmunzeln,
Kichern, Lachen, Verschenken und An-die-Wand-prügeln.
Bässestimmen:
»Dieser sensationelle Gedichtband ist für die deutschsprachige
Literaturlandschaft so ungemein unentbehrlich wie ein bahnbre-
chender Kropf mit epochalem Pickel.«
(Frankfurter Hundsgemeine Montagszeitung)
»Zweifellos irgendwie eine Art Lyrik!«
(Welt am Regentag)
»Zum Brüllen komisch, wie die Autorin versuchte, satirische Ge-
dichte zu schreiben.«
(Badische Dreiste Nachtschichten)

Broschiert – 56 Seiten – ISBN 978-3-7392-0399-7 und als E-Book